雪花
写作法

10 步写出一篇好小说

How to write a novel using the snowflake method

［美］兰迪·英格曼森（Randy Ingermanson） 著

中国青年出版社
CHINA YOUTH PRESS

图书在版编目（CIP）数据

雪花写作法：10步写出一篇好小说／（美）兰迪·英格曼森著；王海颖译.
—北京：中国青年出版社，2022.5
书名原文：How to Write a Novel Using the Snowflake Method
ISBN 978-7-5153-6596-1

Ⅰ.①雪… Ⅱ.①兰…②王… Ⅲ.①小说创作－创作方法 Ⅳ.①I054

中国版本图书馆 CIP 数据核字（2022）第045271号

雪花写作法：10步写出一篇好小说

作　　者：	［美］兰迪·英格曼森
译　　者：	王海颖
策划编辑：	刘　吉
责任编辑：	肖　佳
文字编辑：	方荟文
美术编辑：	张　艳
出　　版：	中国青年出版社
发　　行：	北京中青文文化传媒有限公司
电　　话：	010-65511272／65516873
公司网址：	www.cyb.com.cn
购书网址：	zqwts.tmall.com
印　　刷：	大厂回族自治县益利印刷有限公司
版　　次：	2022年5月第1版
印　　次：	2025年7月第5次印刷
开　　本：	880mm×1230mm　1／32
字　　数：	150千字
印　　张：	8.25
京权图字：	01-2020-1794
书　　号：	ISBN 978-7-5153-6596-1
定　　价：	59.00元

版权声明

　　未经出版人事先书面许可，对本出版物的任何部分不得以任何方式或途径复制或传播，包括但不限于复印、录制、录音，或通过任何数据库、在线信息、数字化产品或可检索的系统。

目录

HOW TO WRITE A NOVEL
USING THE
SNOWFLAKE METHOD

第 一 章

不切实际的梦想

戈德里洛克一直想写一部小说。

她在上幼儿园之前就学会了识文断字。上学后，她总是埋首书卷，初中的文学课上，她因为将那些尘封已久的故纸堆视若珍宝而被身边的同学视为异类。

整个高中时代戈德里洛克都怀揣着一个梦想，梦想有朝一日自己能动笔写一本书。可等到上大学时，父母却劝她学点实用的技能傍身。

戈德里洛克对"实用"二字不以为然，背地里依然故我，醉心于小说世界。不过，她终究是个循规蹈矩的孩子，所以最终选择了一个非常实用的专业——市场营销，并且拿到了学位。

大学毕业后她找了份工作，这份生计无聊透顶，不过好歹也算是学以致用了。

再后来，她结了婚，几年后有了孩子，一男一女，功德圆满。她

辞职回家，全身心地投入到相夫教子的生涯中。

孩子们慢慢长大，戈德里洛克兴致勃勃地把他们领进了自己儿时为之着迷的童话天地中。

等小儿子上了幼儿园，戈德里洛克打算重新开始工作。然而回归职场的履历上明明白白地标示着一段长达七年的空窗期，而那些曾经非常实用的技能如今早已失去了用武之地。

也不是没有她能胜任的工作，但薪金都少得可怜。戈德里洛克忽然意识到自己奔着有用、务实一路走来，最后却陷入了一个失意、尴尬的境地。

她头脑一热，决定放手做一件长久以来一直心之所系的事——写小说。

她不在乎这个决定是不是不切实际。

她也不在乎她的小说有没有读者。

她之所以写就是因为她想写。

多年来，这是她第一次为了自己做一件事，没有人可以阻挡她。

＊

在九月一个晴好的早晨，她把孩子们送去学堂，然后坐到电脑前打开一个新文档。她要写一个精彩绝伦的故事，背景设置在风云诡谲的年代——第三帝国①的最后一年，书中爱情与悬疑交织并存，男主角英俊神勇，女主角貌美如花，当然，其中也少不了作恶多端的反面角色。

她敲下了小说的第一个词：那是。

戈德里洛克停了下来，她瞪着电脑屏幕。接下去呢？她有无数个选择，而每个选择后面依然有无数个选择。

无限的可能性摆在面前。

然而，她就是没法敲下第二个词，选择太多反而无从可选。

她不敢贸然决定，她怕犯错，如果一开始就选错了方向，之后势必要原路折返，那简直太可怕了！

她已经等了那么久，这个将由她一手打造的故事必须是绝无仅有、完美无缺的，哪怕是丁点差错她都难以承受。

戈德里洛克就这样一动不动地坐了整整一个小时，她呆呆地瞪着电脑屏幕上那个唯一的词——"那是"，它孤单得有些触目惊心，显得既可怜又蠢笨。

她知道她能往下写，她知道她有这方面的才华，她知道这个故事在她心里酝酿已久，呼之欲出。然而要命的是，她却没法把它变成白纸黑字。

最后，她关闭文档，哭了。

戈德里洛克哭了五分钟。

然后，她抹干眼泪，深深地吸了口气。她太想、太想写小说了，

---

① 第三帝国指在1933年至1945年间由国家社会主义德意志工人党所统治的纳粹德国。——译者注

写作的欲望强烈到让人只想不顾一切地往前冲。虽然不知道从何下笔，但她决不会任由这个问题变成前行路上的绊脚石。

现在她就缺一位老师，一个能为她指点迷津的人。

戈德里洛克打开浏览器，开始搜索教授如何写作的课程或讲座。

自然，肯定有人能助她梦想成真。

很快她就发现当地将举办一个写作研讨会，而且就在明天。

戈德里洛克兴奋得都有些喘不上气来了，她立刻在网上报了名。明天，她就要把写小说的秘诀收入囊中。

✳

第二天，戈德里洛克准时来到会议中心。她在咖啡店外泊好车，奔进主楼，拿好研讨会发给与会者的资料。之前她已经研究过日程安排，找到了最感兴趣的工作坊——"大纲让一切变得简单——如何构建你的小说"。

戈德里洛克兴冲冲地跑进教室。

里面满满当当地坐着百来号学生。

她在后排找了个座位。

主讲人是头体格健硕的大熊，自称"熊老爹"。"我教写作已经有四十个年头了，许多学生都出版了自己的著作。写小说的秘诀就在于构思在前。我教过的学生中要数罗伯特·勒德拉姆①最有成就，他可以说是这一行里的翘楚。"

戈德里洛克埋头记笔记。

她发现小说大纲跟她三年级时所学的由罗马数字、大写字母和一堆缩进格式构成的提纲完全是两码事。

她明白了小说家所说的大纲指的是内容梗概，也就是由若干主要情节构成的故事概要。

她得知一个严谨、讲究的作者往往要写上五遍甚至十遍大纲，不断打磨，不断推敲，直至打造出无懈可击的最终版。

她还了解到一部小说的大纲可能长达五十至一百页，有的甚至更长。

戈德里洛克没有继续听下一讲，她跑去会议中心隔壁的咖啡店点了杯拿铁，走到僻静的后院，挑了张树荫底下的桌子坐下来，开始写自己的故事梗概。她一口气写了三页，然后看了一遍。

她不敢相信自己竟然写得这么烂，眼前的故事梗概读起来如同嚼蜡，索然无味。

可她不甘心就此放弃。她已经写了三页，还差九十七页。

戈德里洛克不停地敲着键盘，一气不歇地写到了中午饭点。

她翻看进度，已经写了十一页。

---

① 罗伯特·勒德拉姆（Robert Ludlum, 1927—2001年）：美国著名作家，久负盛名的推理侦探小说大师，代表作有《伯恩的身份》《猎杀红色十月》《爱国者游戏》《死亡拼图》等。——译者注

然而，她一点也不喜欢自己写的文稿。

她都不愿回想刚才究竟写了些什么。

戈德里洛克的心情一落千丈。她知道大纲对有些作者行之有效，比如罗伯特·勒德拉姆，他是个优秀的作家，她读过他的很多作品，而且非常喜欢。

可是大纲对她不管用。

她不认为是自己不开窍。

她很清楚自己具备成为一名作家的潜质。

她知道自己有一个故事，那故事已经长在她心里，生根发芽。

可是熊老爹教的大纲法却不是她的灵丹妙药。

✳

吃午饭的时候戈德里洛克翻了一下课程目录，发现另一个工作坊似乎更对自己的胃口："有机地写小说——如何释放内心的你"。

戈德里洛克急忙赶过去，没想到还早到了几分钟。

这回的主讲人是一头母熊，她有一双巧克力色的眼睛，眼神温柔如水。她让大伙管她叫"熊妈咪"。她冲着戈德里洛克微笑，问她叫什么名字，现在正在写什么。等到工作坊正式开始的时候，戈德里洛克发现自己多了一个朋友。

熊妈咪告诉大家写小说的秘诀很简单，只要把你心中所想源源不断地往外倒就行了，至于事先构思这种方法只适合那些做什么事都一板一眼的作家——比如为了亲一下妻子还得事先算好要往前走几步的人。

听到了这里全班都笑了。

戈德里洛克觉得整个人都放松了。没错，这就是她一直想要的，有机写作法听上去是一种顺其自然的方法。

熊妈咪花了整整一个小时讲解有机写作（也就是有些作家口中的"凭直觉写作"）的好处。

"这么多年来我教出了不少学生，"熊妈咪说，"斯蒂芬·金[①]就是用这种方法写书的，写小说不是什么高深玄奥的事情，你只要坐下来，打开心扉，看见故事，然后把它写下来。"

戈德里洛克恨不得立刻冲出教室好开始尝试有机写作法。

这堂课一结束，她就奔回咖啡店，打开电脑重新开启一个新文档，迫不及待地开始打字。

屏幕上出现的还是那个词。

"那是……"

戈德里洛克满怀期许地等待着。她闭上眼睛，等着更多的文字如泉水般从她灵魂深处汩汩流出。

等啊等。

---

① 斯蒂芬·金（Stephen Edwin King, 1947—　）：美国著名作家，现代惊悚小说大师，代表作有《闪灵》《尸骨袋》《肖申克的救赎》等。——译者注

等啊等。

可是什么都没等来。

戈德里洛克"啪"地合上电脑，站起身来回踱步。

是不是她哪儿出了问题？

她觉得没有。

她知道她想写什么——似乎知道。

她知道那是一个好故事——也许是吧。

然而她脑海里故事的脉络并不清晰，她很害怕自己是在漫无目的地瞎写，写到最后不知所终。

她觉得动笔前自己至少应该知道故事的走向。

看来熊妈咪这套雾里看花似的写作方法也不适合她。

＊

戈德里洛克一把抓起课程安排心急火燎地翻看起来。

突然，一行文字跃入眼帘："如果你对大纲写作和有机写作都不感冒，那该如何开启写作之旅呢？"

这听上去正是为戈德里洛克量身定制的课程。

她把桌上的东西一股脑塞进背包，急急忙忙地赶去教室。

课程马上就要开始了，她停在门口看看还有没有空位。

教室里只剩下一个空座，而且就在前排。

她小跑着进教室，所有人的目光都落在她身上。

戈德里洛克觉得耳朵都快烧起来了，她快步走向座位，身子一沉，恨不得整个人都窝进椅子里。

有一件事是肯定的。

她会不断尝试，直到找到一种适合她的写作方法。

她不会放弃她的小说梦。

永远不会。

第 二 章

你的目标读者群

主讲人是一头精力旺盛的小熊，他介绍自己时说他叫熊贝比。

戈德里洛克觉得他顶多也就一米高，她心里直犯嘀咕，真搞不懂研讨会的举办方为什么会请这么一位年纪轻轻、资历尚浅的老师来。

"你们中有多少人试过列大纲，而且讨厌这种方法的？"熊贝比问道。

几个学生举起了手，戈德里洛克也在内。

"那么又有多少人试过'有机写作法'，并且觉得这种方法没什么用的？"

另一拨人举起了手。

戈德里洛克暗想她是不是他们中间唯一一个两种方法都尝试过的人。

"我们这个工作坊是系列讲座中最重要的一个，并且会占据研讨会接下去的所有时间，"熊贝比说道，"现在成千上万的小说家都在用我等会儿教授的方法写小说。它也许会对你有用，也许没用。每个作者都是不同的个体，要当一个小说家，头等大事就是先要找到一种最适合你的方法。"

戈德里洛克坐直了身板。她很高兴熊贝比没有随便开空头支票。

"我需要一位同学来协助我教授课程内容的第一部分，"熊贝比说，"谁愿意上来帮我这个忙？这位同学要对自己的故事有过一定的思考，而且很想动笔，只是不知道如何开始。"

坐在戈德里洛克边上的老妇人举起了手。"我有一个故事，讲的是一个老妈妈走到橱柜旁却发现里面空无一物。"

熊贝比眯起眼看了一下她的名牌。"嗯，是……哈巴德太太①是吧，这么说来你是打算写一部女性小说，对吗？"

哈巴德太太摇了摇头。"不是，我不知道什么是女性小说，反正故事是关于那个橱柜的，里面什么也没有，我就知道这些。"

"夫人，我很抱歉，不过我希望找一位对自己的故事有过更多思考的人来帮我，"熊贝比说着指了指第二排一头身材魁梧的猪。"这位先生，你在写哪方面的小说？"

猪先生站起来，一边把黑色的领结拉平整。"是这样的，我没打算自己动笔，我想找一个人来帮我写故事，讲的是一头年轻的猪如何埋

---

① 哈巴德太太一角出自英国传统童谣《哈巴德大妈》，歌词如下：哈巴德大妈走到橱柜旁，想找块骨头喂饱小狗的饿肚肠，可当她走到那儿却发现里头空空荡荡，可怜的小狗依然辘辘饥肠。——译者注

头苦干，白手起家，最后变成了一位有钱有势的企业家，”他说着摘下眼镜在领结上擦了擦，“故事有点自传的味道，可我不是作家，所以想找个人来帮我记下来，故事是现成的。”

熊贝比看了看猪先生的名牌。“小猪先生，你可以试着在本次研讨会上找你的合著人，不过现在我需要的是一位真正的作家，那种已经开始动笔了，但是卡住了，觉得难以为继的作家。”

戈德里洛克两颊发烫，她把脸埋在手掌里。

可熊贝比偏偏就指了指她。“年轻的小姐，你这是准备举手吗？”

戈德里洛克吓坏了。她一个菜鸟怎么敢在这群才高八斗、见识不凡的作家面前信口开河呢！太难为情了。

熊贝比快步走到她跟前，抓起她的手放在自己软乎乎、毛茸茸的爪子里。“你在写哪类小说？”

“我……我不太清楚自己写的究竟是哪类小说，”戈德里洛克笨嘴拙舌地答道，“故事里有个英俊的男人，和一个漂亮女人，还有一个大坏蛋。故事发生在二战，很刺激，很精彩。”

熊贝比点点头，拉拉她的手。“非常好，我们就来谈谈你的小说。快坐到主讲席来，跟我具体说说这个故事。”

“可是……这么多人，”戈德里洛克踌躇，“他们都在看着我。”

熊贝比领着她走到讲台边上的座位坐下，自己跳上讲台，两条小短腿垂在桌沿直晃荡。“我们假设周围没人，就我们俩，来，说得再具体点，这是一部爱情小说？”

"也……不算是，"戈德里洛克说，"男主角和女主角之后确实坠入了爱河，不过也不是只有风花雪月。故事背景设定在诺曼底登陆前夕，发生了很多事情。有一组突击队员要完成一项重要任务，然后……"她叹了口气，"我也不知道该怎么讲。"

"你讲得很好，"熊贝比说，"所以这是一部悬疑小说？"

"我也不是很确定。"

"悬疑小说主要以情节取胜，比方说有什么恶性事件就要发生了，主角的任务就是赶去力挽狂澜；或者正好相反，如果不是坏事而是一件喜人的好事，那么主角就要起到推波助澜的作用。"

"嗯……好像是这么回事，不过也不尽然，"戈德里洛克说，"小说的女主角是个法国女人，德国占领期间她住在一个小村庄里。男主角是美国情报人员，在执行一项重要任务时降落伞飘到了敌军后防线附近，着陆时摔断了腿。"

"然后两人相遇了？"熊贝比问。

"对，就在第一章。她悉心照顾他，他告诉她自己正在执行什么任务，她想帮他，可是他爱上了她，担心自己会让她陷入险境，纳粹可能会杀了她，她反驳说从决定收留他那一刻起就已经置安危于不顾了，她是一个寡妇，带着个小女儿——"

"哇，哇，哇！"熊贝比举起了一只毛茸茸的爪子，"你已经有一个非常精彩的故事了！现在写了多少？"

戈德里洛克觉得自己的脸又开始发烫了。"没……没写多少。"

"我喜欢这个故事！"熊贝比转向全班同学："你们中有多少人觉得这个故事很有意思？"

所有人都举起了手。哈巴德太太往前倾着身子目不转睛地盯着戈德里洛克，仿佛她是一个了不起的大人物。小猪先生往后靠在椅子里，欣赏的目光一直停留在戈德里洛克的脸上。

熊贝比从桌上跳下来，仔细看了看她的名牌。"看来我们得倒回去先做一下自我介绍了，你叫……戈德里洛克，"他端详着她的脸，"你看上去很眼熟，之前有没有参加过我的写作工作坊？"

戈德里洛克摇摇头。很久以前她倒是见过一头和熊贝比长得很像的小熊，不过那是无比糟糕的一天，糟得她恨不能将它从记忆里擦干抹净。"我刚开始学习写作。"

"显然你很有天赋。"

"你是说我吗？"戈德里洛克说。

"那还用问！"熊贝比说，"虚构类作品的主要功能就是为读者提供我所说的'强烈的情感体验'。你的故事听上去可以激发读者各种强烈的情绪。"

戈德里洛克的心怦怦直跳。"我年少时身边所有人都说我'太情绪化了'。"

熊贝比带着研究的意味给了她一个长长的注视。"你为什么要去在意别人的看法呢？"

"因为我在乎！"戈德里洛克说。

"为什么在乎？"

戈德里洛克有点动气了，她使劲摇摇头。"就是在乎！"跟一头熊斗嘴，班里的人肯定都觉得她蠢得无可救药了。

熊贝比只是耸了耸肩。"对一个小说家而言，'情绪化'可是个好东西，因为你要出售的唯一一件商品就是你自己的情绪体验。"

所有人都在频频点头。

戈德里洛克心底涌上一股暖流。其他作家好像都挺喜欢她。他们懂她。她暗暗希望他们中没有谁注意到她今天早上没有好好捯饬发型。

熊贝比迈着步子说："这么说来，戈德里洛克，你准备写一部发生在二战时期的爱情悬疑小说。这就是我们所说的小说类别。"

"为什么分门别类那么重要？"戈德里洛克问道。

熊贝比咧嘴一笑。"你要知道书店从出版社拿到书后得搞清楚该把它们放到哪个书架上。只有知道了小说类别他们才能放对地方。"

戈德里洛克从来没有想过这个问题。

"好，现在你来想象一下，假设你的书已经出版，并且放在了当地书店正确的货架上，这时六个人走进书店，分别是上了年纪的一男一女，稍微年轻些的一男一女，还有一个男孩和一个女孩。能不能想象一下这幅画面？"

戈德里洛克点点头。

"他们中谁会对你的书感兴趣？"熊贝比问。

"嗯……我觉得，全都会吧，"戈德里洛克说，"我希望我的小说能成为畅销书，每个人都想买来看。"

熊贝比看着她。"我再多说一点这些人的信息吧。年纪大一点的男人戴着一顶渔夫帽，跟他差不多岁数的女人戴着一双园艺手套，年轻男人的穿戴看着像是一个会计，年轻女人一手拉着一个小孩，一男一女。好，同样的问题，这六个人里谁会对你的书最感兴趣？"

"年轻女人，"戈德里洛克说，"其他几个成年人应该都是来书店找工具书的，不过年轻女人肯定会想看我的书。两个孩子太小，小说对他们来说太成人化了。"

熊贝比摩挲着爪子。"没错！那个年轻女人就代表了一群人，我们称之为你这部小说的**目标读者群**。你的书就是为她而写的，只为她一个人。她会读，而且会很喜欢，因为故事会带给她强烈的情感体验。她会分享给其他人，其中有些或许也会喜欢上你的书，但是没有一个会像她那样着迷。如果她成为你小说的头号粉丝，你觉得怎么样？"

"哦，那太棒了！"戈德里洛克说，"我完全能想象她读小说时的所有感受。"

这时，小猪先生站了起来，大猪蹄子重重地踩在地板砖上。"这生意经听上去可不怎么样。"他说。

熊贝比一个转身看向他。"愿闻其详。"他彬彬有礼地说。

"现代化商业需要的是规模经济，"小猪先生娓娓道来，"为了获取尽可能高的利润，你需要用尽可能低的成本运送最大数量的商品。这就意味着你必须打造针对最小公倍数的产品。我之所以发了财就是因

为贯彻了这一点，这也是我想把我的发家史写下来的原因。"

熊贝比挠了挠毛茸茸的下巴。"你们中有多少人希望自己的书拥有千百万读者？"

所有人都高高举起了手。

"那么近二十年里哪套系列小说最畅销？"熊贝比问道。

哈巴德太太瞪着一双眼，一脸不服气地说道："还不是那套关于哈维·波特小屁孩的书吗？一帮子巫师、巫婆、牛鬼蛇神！"她完全没有意识到自己连书名都没有说对。

"一点儿没意思，"小猪先生低吼道，"翻了第一页我就看不下去了，那个女作家居然把德高望重的德思礼夫妇描写得如此不堪。"

"那么谁是哈利·波特系列小说的目标读者群呢？"

没有人吭声。

戈德里洛克犹犹豫豫地举起了手。"是不是……十一岁左右的小男孩？"

熊贝比上蹿下跳，兴奋地拍着肉嘟嘟的小爪子。"没错！就是男孩子，十一岁的小男孩。这可能是你们能想到的最小众的市场。谁都知道男孩子不爱读书，尤其是十一岁上下的男孩，他们几乎、肯定什么书都不看，何况还是一个女人写的书，可是……"

"哼！"小猪先生冷哼一声，"确实有很多人看了哈利·波特系列，可老天知道为什么会有那么多人去看那堆破烂玩意儿。"

熊贝比挠了挠耳朵。"作者选择了一个非常窄的受众群体，十一岁的男孩们。然而她成功地让那些男孩深陷其中，然后他们又和十一岁的女孩谈论书里发生的故事，女孩们听得高兴，接着又和十二岁的孩子们聊起了小说的内容，十二岁的孩子又说给十三岁的孩子听。就这样口口相传，直到所有人都在聊《哈利·波特》。这究竟是如何做到的？"

"一条邪恶的咒语？"哈巴德太太问。

"糟糕的商品，成功的营销。"小猪先生说。

"一部取悦目标读者群的优秀作品？"戈德里洛克试探着说出她的答案。

"没错！"熊贝比说，"所以当你写小说的时候，你并不是要写给全世界人看，你得选择你的目标读者群，把目标群限定在一个尽可能小的范围内。你就是要写一个取悦你目标读者群的故事，不必考虑其他人爱不爱看。"

"可是……万一……万一其他人讨厌我的故事呢？"戈德里洛克问道。一想到可能会有人不喜欢她的小说，她简直没法忍受。

"管他们呢！"熊贝比亢奋得过了头，已经控制不住自己开始疯狂地转起圈来，"这个世界上你唯一要取悦的就是你的目标读者群。除他们以外要是有谁说三道四，你大可不必理会。"

"哈，我这辈子听了不少胡说八道，要数今天听得最多！"小猪先生说。

"可是……看《哈利·波特》的可远不止十一岁的男孩子！"哈巴德太太说，"读过这套书的什么人都有！"

"这就是我要说的！"熊贝比说，"这就是你的营销计划，很简单，三步走。"他走到白板前，写下了大大的几行字。

你的营销计划

1. 选择你想取悦的目标读者群；

2. 瞄准目标读者群，全力以赴写一个最好看的故事；

3. 等书出版时，仅针对你的目标读者群开展行销活动；

4. 你的目标读者群会把故事告诉全世界。

"这是四步走，"小猪先生说，"很显然，熊不会做算术。"

"可是……我们只需要做其中的三步就行了，"戈德里洛克说，"剩下的第四步会自行发生。我在大学主修市场营销，第四步是所有商家梦寐以求的，叫作'口碑营销'。"

熊贝比举起爪子狠狠戳进半空。"棒呆了！"他喊道，"每个作者都巴望着能通过口碑给自己的书打广告。只有当你真正取悦了你的目标读者群才会有口碑营销，只有当你精准地设定了目标读者群，并且有的放矢地写了一本好书才会有口碑营销，只有当你在一开始就有意识地选择谁会成为你的目标读者群才会有口碑营销。"

教室里静默无声，就连小猪先生都无话可说了。

熊贝比走过去站在戈德里洛克面前，说："好，我们继续，你的目标读者群究竟是哪些人？"

"跟我差不多年纪的女性。"戈德里洛克说着忽然想起她在大学学过的人口统计学。

"跟你同龄的女性可能涉足任何类别的小说，再想一想你的目标读者群会想看什么样的故事？"

"惊心动魄的故事，危机四伏、一波三折的故事，里面有英俊的男主角和美丽的女主角，他们互生情愫，却不敢捅破那层窗户纸，因为男主角任务在身，儿女情长只会误事，可是爱情的力量让人难以抗拒，他们还是义无反顾地相爱了。然而，有个恶人一心想置他们于死地，事态急转直下，越来越糟，最后几乎陷入绝境，任务貌似无法完成，就算能完成，其中一人也势必会付出生命的代价，他们的爱情故事就会以悲剧收场。不过……"

戈德里洛克忽然停下来，她觉得她的故事听上去傻透了。

"不过不管怎样，最后总会峰回路转。"熊贝比说。

"也许吧，"戈德里洛克说，"说不定他们中的一个还是会死，我的书有些会安排大团圆的收梢，有些则不会，所以只有读到最后才会知道这本书的结局究竟是喜是悲。"

熊贝比一个急转身面朝大家。"你们中有多少人想买这样的书看？"

教室里许多人刷地举起了手。

哈巴德太太没举手。

小猪先生也没举。

戈德里洛克的心凉了半截。并不是所有人都喜欢这类故事，事实

上在场有超过一半的人不喜欢。

"好极了!"熊贝比说,"来,看看有多少人在你的目标读者群内?"

熊贝比说话的样子让她想起那些讨人厌的、碰到什么事都只会往好处想的熊们。她开始细数有多少人举了手。有一部分和她之前预想的一样,是跟她差不多年纪的女性,还有好几个中年男人也举手表示喜欢她的故事,少数几个老太太也在其中。另外,还有一些十几岁的青少年也举起了手。戈德里洛克难以想象应该用哪个年龄段来定义这群男女老少。

"我认为你有一个庞大的目标读者群,"熊贝比说,"定义目标群看的是他们喜欢什么,而不是他们的年龄、性别或社会地位。你要告诉我他们的心理状态,而不是人口统计学上的数据。"

戈德里洛克发现自己的脑袋摇得跟拨浪鼓似的。难道她在大学里学的知识都一无是处?而且他们明明是在研究如何写作,为什么要把时间浪费在营销学上?

熊贝比看了下表,说:"好了,先休息十分钟,然后再继续和戈德里洛克讨论她的故事。我会教大家如何为自己的小说准备一套最强大的营销策略。"

学生们闹哄哄地走出了教室。

戈德里洛克也跟着他们一起走了出去。她觉得失望极了,大学四年她都在学市场营销,这门专业曾经无聊到让她发疯。她想学的是如何写小说,不是如何卖小说。也许眼下她的最佳选择就是悄悄地溜回家去。

第 三 章

用一句话概括你的故事

然而，戈德里洛克发现她压根就没机会溜走。课间休息时她被其他同学围了个水泄不通，他们争相问她从事写作有多久了，她文思如泉的秘诀是什么。

戈德里洛克不知如何回答，只好埋头啜着咖啡，故作轻松地耸了耸肩。就连她去洗手间身边都跟着好几个刚认识的新朋友，她们七嘴八舌，追着她问东问西。她觉得自己像个冒牌货，要是这些作家得知她的小说只写了一个词肯定得笑掉大牙：原来她什么都不是，就是个大草包。

回到教室，她发现大家都在交头接耳，叽里咕噜地说个不停。

戈德里洛克越发心虚，感觉自己欺骗了整个世界。

熊贝比依旧让她坐在主讲席上，然后在她前面来回踱步。

"在上一节课中我们讨论了你的目标读者群，什么样的故事能取悦

他们。然后我们假设一个年轻女人正好在你的目标读者群中。你能不能想象一下她长什么样？"

戈德里洛克点点头。那个年轻女人长得跟她很像。

熊贝比微微一笑。"现在，这个女人问书店老板有没有什么书可以推荐。然后老板把他带到你的小说旁，介绍说这是店里刚到的新书，是关于……什么来着？"

戈德里洛克不知道怎么回答。"是一部爱情悬疑小说，肯定对她的胃口。"

熊贝比缓缓地点了点头。"这是个不错的开始，一部爱情悬疑小说，但是仅凭这一点是很难让人立马产生兴趣的。你得让她知道她会喜欢上这本书的理由。"

"嗯，好吧……"戈德里洛克举起手不停地扇着风，好让自己的脸不要那么烫，"我该怎么做呢？"

"用不超过二十五个字让她稍微尝一尝故事的滋味。"

戈德里洛克想了一分钟。"好吧，我的故事是关于二战时住在法国的一个年轻女人，几年前她丈夫参军死在了前线，留下了一个小女儿，她靠在园子里种些土豆之类的蔬菜勉强糊口，她终日担心纳粹会把她身患残疾的女儿夺走。村子里有个纳粹分子一直纠缠她，她明白如果拒绝的话，那人就会向纳粹告密，带走她的女儿。可是那人实在太过猥琐，她跟村长诉苦，可村长却说人总会面临两难的抉择，而且——"

"不是有个年轻英俊的美国情报人员跳伞闯入了她的生活吗？"熊

贝比问道。

戈德里洛克两手叉腰瞪了他一眼说："我这不就要说到他了吗！可是在这之前我总得把前因后果交代清楚吧。"

熊贝比环视了一下教室，问："你们中有多少人觉得必须先搞清楚前情提要的？"

只有少数几个人小心翼翼、似举非举地伸出了手。

戈德里洛克搞不懂为什么底下那么多人忽然失去了兴趣，就在十五分钟前，他们还都觉得她的故事精彩极了。

"你刚才说的那些都是故事背景，"熊贝比说，"我们想听的是故事本身。"

"可是……你们先得知道故事背景。"戈德里洛克说。

"你有没有读过弗雷德里克·福赛斯写的《豺狼的日子》？"

"看过，很早以前看的，我很喜欢这本书。"

"书里讲了什么？"

"法国恐怖分子雇职业杀手暗杀戴高乐的惊悚故事。"

熊贝比一边听一边伸着爪子数着数，然后他冲着她咧嘴笑道："二十一。"

"什么？"戈德里洛克瞪着他。

"你用了二十一个字概括了整个故事。你不仅告诉了我小说的类别，而且还提供了足以激发我阅读兴趣的信息，"熊贝比转向学生问道，"如果现在有货，有多少人想买这本书？"

六只手刷地举了起来。

"麻烦再说一遍小说的名字可以吗？"一个学生大声问道。

"作者是谁？"另一个问。

熊贝比指着六个举着手的学生。"你们几个就在《豺狼的日子》这本书的目标读者群里。戈德里洛克刚才恰恰就是用一种能让你们确定自己会喜欢上这个故事的方式做了概括。干得漂亮！"

戈德里洛克不好意思地垂下头。她没做什么值得夸耀的事，那是个好故事，她只不过说了最浓缩的精华而已。

"好，"熊贝比说，"现在为了那六位举手的同学，你会如何概括你自己的故事？"

"这不是明摆着吗？"戈德里洛克有点不敢相信熊贝比居然到现在还不知道她的故事在讲什么，"我写的是一个爱情悬疑故事，在纳粹占领的法国有一个女人爱上了一名美国情报人员，嗯……他正在当地执行一项足以使纳粹闻风丧胆、进而改变大战进程的重要任务。"

有那么一小会儿，教室里仿佛绷着一根弦，可是当戈德里洛克那声"嗯"落地后，紧张的气氛仿佛嗖地一下消失得无影无踪了。

戈德里洛克暗暗告诫自己，以后说话再也不要随便带出类似的语气词了，显得特别不专业。

熊贝比脸上挂着微笑，在教室里走来走去。"这是个非常不错的开头，你告诉了我们小说的类别，我能看到女主角，也看到了那位情报人员，只是我不清楚他在执行什么任务。"

戈德里洛克朝他皱起了眉头。"那个任务真的很重要，而且非常艰巨，它能改变战争的进程。你明白了吗？"她不禁诧异，研讨会的主办方怎么会请这么一个理解能力如此之差的熊来当老师。

熊贝比摇摇头。"你告诉我任务很重要，很艰巨，并且会改变整场战争，但就靠这几个词我没法体会，我得读完整本书才好作出判断，所以你得明明白白地告诉我它为何重要，如何艰巨。"

"但是……《豺狼的日子》不就是那么回事吗，刺客奉命暗杀戴高乐，这将会改变整个法国政局。"

熊贝比转身面向全班。"你们中有多少人能想象暗杀戴高乐的场面？"

每个人都举起了手。

熊贝比看着戈德里洛克。"刺杀戴高乐这个举动是非常具体的，我们能看到他扣动扳机，听到枪响，甚至感受到子弹破膛而出的震颤，闻到空气中陡然弥散开的火药味。不用你说我们都知道此举将沉重打击法国政府。"

"所以，你想说的是？"戈德里洛克问。

"'使纳粹闻风丧胆'的任务是抽象的，我们没法看到，因为让人闻风丧胆的方式有千万种，每一种都不一样，我们听不见、闻不到，也感受不了。"

教室里静默了十秒钟。

戈德里洛克气得想摔门而出，熊贝比的脑袋怎么就像颗榆木疙瘩

呢！"我一直在不停地说，你怎么就不肯好好听呢！我写的是一部爱情悬疑小说，在德国占领期间的法国有个女人爱上了受伤的美国间谍，他要在诺曼底登陆前夕炸毁敌军的军火库。"

班里的学生都站起来为她欢呼。

熊贝比拍着爪子，围着戈德里洛克又蹦又跳。"太棒了，戈德里洛克。"

小猪先生哼了一声，说："都五十二个字了，你不是说不超过二十五个字吗？"

哈巴德太太举手说："如果你放些东西到橱柜里，小说会不会更精彩？"

熊贝比摇摇头说："小猪先生，确实可以再简短些，可是刚才那个版本也很好。另外，哈巴德太太，这个故事跟碗橱没有半毛钱关系。戈德里洛克，我觉得你已经抓住要领了，你没有告诉我们风险有多大，而是展现给我们看了。如果美国间谍成功炸毁了德军军火库，那么纳粹的军备势必受到重创，可如果行动失败，那么纳粹极有可能击退之后的诺曼底行动。非常棒，无论成功还是失败都会有其相应的结局。"

戈德里洛克发现她的故事忽然变得清晰起来。她之前想过男主角在执行任务，目的是给予纳粹沉重的打击，但是直到她刚才脱口而出前一刻，故事的走向仍然因为有太多可能性而显得混沌不清，而现在她的选择项一下子减少了，她突然有种感觉，故事基本可以顺势成形了。

熊贝比走到白板前开始写板书：

一句话概括

1. 给自己一小时准备；

2. 写下一句话，其中必须包含以下信息：

　　a. 你写的是哪类小说；

　　b. 主角是谁；

　　c. 他们最想做的一件事是什么；

3. 无须交代故事背景；

4. 具有画面感；

5. 尽量简短，但不是越短越好。

熊贝比接着又在板书下面写下了戈德里洛克的一句话概括：

一部爱情悬疑小说，在德国占领期间的法国，一个女人爱上了受伤的美国间谍，他将在诺曼底登陆前夕炸毁敌军的军火库。

他数了数字数，说："一共五十个字，我觉得不能再短了。祝贺你，戈德里洛克，现在你已经准备好，我们可以开始下一步了。"

戈德里洛克如坠雾中，完全搞不清状况。"可是……这和写小说有什么关系呢？你说过这在推销小说时才会派上用场，可你为什么不直

接教我们如何写作呢？"

熊贝比朝她咧嘴一笑，说："**你要把小说推销给谁？第一个对象就是你自己。**你必须先对自己的小说充满热情，感到兴奋，这也就意味着你得知道你的故事到底在讲什么。明确了这一点本身就是一个巨大的进展。"

"可是……我什么都还没写呢！除了那句蹩脚的概括。"

"'蹩脚'二字从何说起？这是一个非常漂亮的句子，想想一小时前你还什么都没有呢。"熊贝比说。

小猪先生站起身清了清喉咙，在计算器上啪啪啪地按起键来。"按照这个速度……写这部小说要花上整整2778个小时，如果不吃不睡、日以继夜地写，那差不多就是116天，"他从鼻子里冷哼了一声，"熊贝比，你到底想干嘛？这种写法完全行不通！"

第 四 章

适合你的写作模式

　　戈德里洛克从来没有像现在这么沮丧过，她搜肠刮肚，动足了脑筋才完成了一句话概括。虽然她也觉得那句话写得还不错，可是它毕竟花了她足足一个小时的时间。要是用这么慢的速度写小说，估计书还没写完人先疯了。

　　"你怎么了，戈德里洛克？"熊贝比说，"看上去怎么闷闷不乐的？"

　　"我只是……"戈德里洛克双手捧着脑袋，"我不太明白你在做什么，你做的事情在我看来好像没什么用。我们现在只写了一句话，后面还有成千上万句等着我去写。按照这个速度，那要等到何年何月才能写好？"

　　熊贝比笑了起来。"你开什么玩笑？写小说总共也就十个步骤，你已经完成了第一步——只用了一个小时，这个速度已经相当可以了。"

　　戈德里洛克看着白板上的那句话。"我不明白，你的意思是我们已

经完成了十分之一？这不可能！"

小猪先生冲着熊贝比挥了一蹄子。"一看就知道你是个外行，熊崽子，说说看，你自己出了几本书？"

熊贝比耸耸肩："六七本吧。"

"我可一本也没听说过。"小猪先生透过边框眼镜打量熊贝比。

"市面上有千百万本书，千百万个作者，"熊贝比说，"请问你读过其中几本，能说出几个作家的名字？"

小猪先生嗤之以鼻。"我从来不把时间浪费在读小说上，而且——"

"可你却想写小说？"熊贝比说。

"读和写是两码事，"小猪先生说，"反正我没时间自己动笔，故事内容我都想好了，现成的，就差人帮我把它变成白纸黑字了。爬格子的作家一毛钱一打！"

戈德里洛克忍无可忍，她忽地一下从椅子里站起来，怒气冲冲地瞪着小猪。"写作是门技术活，你要是真觉得雇一个作家写书就像找一个花匠打理园子那么简单，那只能说明你的思路有问题。我们来这儿就是为了好好听熊贝比讲课的，麻烦你坐下来保持安静好不好？"

整个班级都为戈德里洛克的仗义执言鼓掌叫好。

小猪先生的脸红了，他不知道嘟囔了一句什么，然后发出一阵咳嗽，悻悻地坐了下来。

熊贝比掩饰着伸出爪子挠了挠鼻子，可是嘴角那个大大的笑容却怎么也藏不住。"好了，各位，我们得快点往后讲了——写作模式。你们肯定有人尝试过给小说列大纲吧，觉得怎么样？有用吗？"

后排有个男青年举起手。"我觉得对我挺管用的。"

边上一个穿戴时髦的女人闻言反应强烈。"列大纲太恐怖了！它简直让人抓狂！你还不如去干那些不用动脑子的活儿，想靠列大纲创造伟大的作品简直就是异想天开！"

熊贝比举起爪子。"安静，同学们，事实已经证明列大纲对很多作家是有用的，你们中间或许有不少人喜欢《谍影重重》，这部小说的作者是罗伯特·陆德伦，此人就是以列绵绵叠叠、细致入微的大纲而著称。"

戈德里洛克听得直打哆嗦。"可是……我试过列大纲，但效果一言难尽。"

熊贝比看着她。"你试过了，对你不管用。大纲法就是我所说的写作模式中的一个例子。它能帮你写第一稿，有些人觉得非常好用，但是，它并不见得对所有人都有用。"

戈德里洛克深深叹了口气。她现在急需找到一种能为她所用的写作模式。

"另一种模式就是跟着感觉走，"熊贝比说，"你只需坐下来不停地写写写，不必费心考虑情节走向、故事结局。你们中有谁尝试过这种方法？"

后排那个时髦女郎说："要是让我说的话，凭着感觉走是写出传世佳作的唯一途径，你只要任由心里想说的故事不断往外冒就行了。"

边上的男青年不以为然。"你所谓的从心里不断往外冒的故事写出来就是一堆废话。"

女郎的脸刷地一下变成了熟透的红番茄，真担心下一刻会不会熟得迸裂开来。

"不要太偏激，"熊贝比平静地说道，"凭着感觉走是另一种形式的写作模式，有些作家就非常喜欢用这种方法写作，比如斯蒂芬·金，但是和大纲法一样，它也不是所有人的法宝。"

戈德里洛克快听不下去了。"你能不能不要兜圈子？你肯定已经有了一套不仅适合你自己而且也能为所有人所用的写作模式，别卖关子了，快点告诉我们吧！"

熊贝比摇摇头。"问题就在这里。我确实有一种适用于我、也适用于成千上万个作家的写作模式，可是它并不适用于所有人。事实上，世上压根就没有适用于所有人的写作模式。我想说的是你们每个人都必须找到一种对自己最有效的模式，至于其他方法就不必再去考虑了。"

"我说……你能不能快点进入正题？"戈德里洛克说，"你已经花了很多时间让我们明白什么是目标读者群，如何用一句话概括自己的小说，那你准备什么时候开始教我们写作模式呢？"

"其实我们已经开始了，"熊贝比说，"我的写作模式叫作雪花写作法，你们已经完成了第一步——用一句话概括小说。这种方法一共只有十步，现在，我们准备进入第二步。不过在开始前，谁能告诉我为什么叫雪花写作法？"

没人说话。

"看来我得给你们演示一下。"熊贝比按下讲台上的投影仪开关。

教室后墙刷地亮起来，紧接着便出现了熊贝比电脑里的演示文档，上面只有一片大大的雪花：

熊贝比把戈德里洛克拉到白板前，给她一只马克笔。"来，照着这个样子画一枚雪花，只能用一笔，画的时候笔不能离开白板，也不能用白板擦。"

戈德里洛克仔细看了下图片。"画不了，太难了，一笔怎么可能画出来，你是怎么做到的？"

熊贝比笑了。"其实我也画不了，这是用电脑程序画的。"

"这图太复杂了，难以想象！那个绘图程序肯定很长。"

"不，程序非常短，而且用的是同一个步骤，不管是人还是熊都会画。我来画给你看。"熊贝比拿起马克笔，在白板上画了一个三角形。

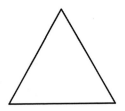

"可是这看上去一点也不像雪花，"戈德里洛克提醒道，"你还没画完吧。"

"我没说我画完了呀。"熊贝比拿起板擦抹掉了每条边正中约三分之一边长的线，然后在每个缺口加上两条相交的线，一共形成了三个小三角，这么一来刚才的大三角形就变成了一个六角形。

戈德里洛克两手叉腰。"还是不太像雪花。咦，你不是在糊弄我吧，刚才你的马克笔明明离开了白板，而且还用板擦擦去了那些线。"

熊贝比看着她。"谁说我的马克笔不能离开白板？谁说我不能擦线？"

"你说的呀！"戈德里洛克转向全班，"他有没有说过不能擦线？"

大家点点头。

熊贝比一脸坏笑。"我说你们不能这么做，你们就真不做啦？哪怕听我的话会让雪花更难画？"

戈德里洛克都不知道说什么好了，只好气呼呼地瞪着熊贝比。

熊贝比跳上桌，站在电脑旁指着全班说："小说家们，我接下去说的话很重要，**你们会听到很多如何写小说的建议，可是记住，建议只是建议，你们要是不喜欢，或是觉得对你们没有用，那就扔到一边去；要是有用，那就照着做。**"

"可是……"戈德里洛克期期艾艾地说，"这次研讨会的老师们都知道他们在教什么吧？"

"他们知道什么对他们有用，"熊贝比说，"可他们并不知道什么对你有用。如果他们建议你像罗伯特·勒德拉姆那样列大纲，但你觉得毫无效果，怎么办？"

"嗯……哭？"戈德里洛克说。

"当然不！把这条建议扔一边去！"熊贝比激动得脸都涨红了，"那如果他们建议你像斯蒂芬·金那样跟着感觉走，你又会怎么做？"

"这……这应该是有机写作法，"戈德里洛克，"可有机写作法总不会是错的吧？"

熊贝比气咻咻地上蹿下跳。"有机？"他吼道，"纯属胡说八道！跟着感觉写小说跟有机有什么关系？这只是一种写作模式，有些优秀的作家就喜欢这么写，但另一些却觉得一无是处。你呢？要是它对你来说没啥作用，你怎么办？"

"去找其他对我有用的方法？"戈德里洛克问。

"就得这么干！"熊贝比抓起马克笔回到白板前。"如果你是个伟大的画家，你就可以凭着感觉不涂不抹一笔画出那片雪花，可是那样的画家凤毛麟角。很多人也许可以一笔画出一个图案来，可是成品大多歪歪扭扭，他们不得不擦了又擦，改了又改，好不容易才能画出个大概来。"

"可是伟大的作家不都是改了一稿又一稿直到写出他们自己最满意的作品来吗？"戈德里洛克问。

熊贝比笑了。"没错，跟着感觉走的作家都这样，他们必须这么做。可是运用雪花写作法的作家就不必如此了。好了，现在看我怎么把这片雪花画出来，你就明白我为什么会这么说了。"

他把六角形每条边的中段擦去，在缺口处添补上了几个更小的三角形。

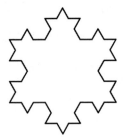

戈德里洛克觉得这个形状看上去终于有那么一点像雪花了。虽然还没画完，不过她知道照这种方法往下画肯定会越来越靠近原图的。

熊贝比又按刚才的画法改了一轮，现在，图形看上去已经和雪花非常相似了。

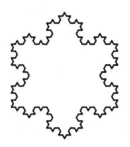

他紧接着又重复了一次，然后往后退了一步，问："怎么样？"

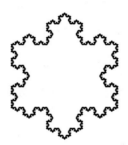

戈德里洛克倒抽一口气说："看上去……太完美了。"

"其实每一轮变化都很完整，只是这个图形的变化是无穷无尽的，"熊贝比说，"按照刚才变化图形的方式你可以无限进行下去。在数学里，它有一个专门的名字：雪花分形。经证明雪花分形的周长是无穷大的。"

"不过马克笔的笔芯很粗，经过几轮变化后眼下这个已经是所能获得的最佳图形了，"戈德里洛克说，"如果每条边长小于笔芯粗细，那

就没法继续变下去。"

"没错！"熊贝比说，"不过请注意一点，第一轮变化非常简单，我只擦去了三条边的一部分，然后添加了少量的线。第二轮比第一轮稍微复杂一些，第三轮又比第二轮复杂一点。"

"每次变化后图形都很完整，而且还是对称的，"戈德里洛克说，"只是变化并没有结束。"

熊贝比笑了笑。"要是我刚才'有机'地画这个图形，无论哪一次变化都不可能这么完美无缺，我肯定得在不同的部分不停地涂涂改改。"

"这么做太蠢了，"戈德里洛克说，"谁会这么画？"

"从你的角度看，有机画法对你来说毫无章法而言，"熊贝比说，"那是因为你觉得我刚才演示的画法很有道理，而且行之有效。但是跟着感觉走的艺术家们却对我这种方法避之不及。"

"那……到底谁是对的？"戈德里洛克问，"画雪花究竟应该用哪种方法？"

"哪种方法适合你，就用哪种方法，"熊贝比说，"在讨论用不同的方法写小说的时候我是怎么说的来着？"

"用最适合自己的方法写作。"戈德里洛克说。

"就是这句话，"熊贝比放下马克笔，拍了拍爪子，掸去灰尘，"好了，你们准备好开始学习雪花写作的第二步了吗？"

戈德里洛克摇摇头。"这种方法太简单了，照你这么说每个人都能写小说了，这是不可能的，创造伟大的作品是一个极其艰难甚至痛苦的过程，这一点众所周知。"

这时，熊贝比的手机哔哔响了一下，他掏出来看了一眼短信，简短回复后把手机放在一边。"这么说吧，戈德里洛克，你已经尝试了大纲法，觉得没用，又尝试了跟着感觉走，也不行，那么就算再试试雪花写作法又会有什么损失呢？"

熊贝比就喜欢这样，每件事都要摆事实讲道理，戈德里洛克不胜其烦。

就在这时，教室门突然砰地一声被人推开了。

一匹戴着面具、凶神恶煞般的大灰狼端着一把枪闯进屋子，对准熊贝比扣动了扳机。

小熊捂住胸口。

鲜血从他胸前涌了出来。

戈德里洛克发出一声尖叫。

熊贝比倒在地上，一动不动。

第 五 章

灾难的重要性

大灰狼拿枪指着戈德里洛克。"我听说你要用雪花法写小说？你要是敢这么做，我准保让你吃不了兜着走。"

戈德里洛克觉得一股热血直冲脑门。他哪来的胆子！谁给他的权力！她低下脑袋，朝着大灰狼猛冲了过去，狠狠地撞在他肚子上。

大灰狼一个措手不及，笔直地往后倒去，只听"嗷"地一声惨叫，他重重地仰面摔在地上。

戈德里洛克扑上去，又踢又咬，一会儿使劲捶，一会儿拼命挠，嘴里还不停地大喊大叫。她骑在大灰狼的肚子上，把他两只爪子按在脑袋两侧。"快，把他的枪拿走！"

"嘿，美女，别冲动，别冲动！"大灰狼连声讨饶，"你听我解释。"

"你杀了熊贝比！"戈德里洛克尖叫道，"居然还有脸劝我别冲动？"

"我没有……杀人。"大灰狼大口喘着粗气说。

这时，一只毛茸茸的爪子搭在了戈德里洛克的肩上。

她转头一看。

只见熊贝比好端端地站在身后朝着她笑。"我没事，放心，他是我的朋友，大灰狼，是我让他突然闯进来朝我打一记空枪的，我事先在爪子里握着一小袋假血浆，枪响后按在胸口一挤就爆了。"

戈德里洛克目瞪口呆，等了好一会儿才说出话来。"你最好马上洗一下胸口，否则等血迹干透了就很难洗了。"

大灰狼在她身下扭来扭曲。"我说，美女，我可不是有意冒犯你，可说实话，你分量不轻，这么一直坐在我身上可真有点吃不消。"

戈德里洛克尴尬极了，她连忙站起来，接着火冒三丈地戳出一根指头狠狠地指着熊贝比说："这到底是怎么一回事？你们俩这是唱的哪一出？差点没把我吓死！"

熊贝比单膝跪地，牵起戈德里洛克的手放在自己的爪子里。"我向你道歉，我只是想教你们一些东西，而这是我能想到的最好的方法。你能原谅我吗？"

戈德里洛克不知说什么才好，各种情绪蜂拥而至，羞恼、惊吓、难堪，心里简直乱成了一团麻。

大灰狼站起来，把身上的灰尘掸干净，龇牙咧嘴地将爪子轻轻按在肚子上，说："不挨撞不知道，人类的脑袋可真厉害！"

戈德里洛克想起来刚才撞向大灰狼那一脑袋可是拼足了劲的。"真对不起，我……我以为你杀了熊贝比，接下来就会杀了我。"

"我为什么要杀你？"大灰狼问，脸上闪过一抹狡黠的微笑，"我说过只有当你决定用雪花写作法我才会朝你开枪。"

"因为……"戈德里洛克这才意识到当时她已经做了决定，"因为当你威胁说我不能用雪花写作法的时候，我发现……其实我非常想尝试这种方法。"

"上钩了！"熊贝比欢呼道。他一蹦三尺高，接着又绕着圈跳起舞来，一边高举两只爪子不停摇晃，激动得就像在橄榄球比赛中触地得分一样。他跑到讲台边，腾空跃起，连翻了两个跟头，而后落在桌上，一个转身面朝全班学生。"大家都看到了吧？戈德里洛克已经决定了。"

所有人都张口结舌地看着他。

大灰狼走上前，拿起马克笔稳稳地站在白板边，写道：

为什么故事需要灾难？

1.

2.

3.

熊贝比说："你的故事里必须有灾难出现，巨大的、恐怖的、令人毛骨悚然的灾难，里面的人物可能会因此受苦受难，或者有人威胁要伤害他们。为什么需要这样的安排？"

"因为……这样会让故事变得刺激？"戈德里洛克说。

大灰狼写下：

---

1. 刺激

“没错，”熊贝比说，“目睹你最喜欢的熊贝比被杀确实非常刺激，但是光有刺激还不够。灾难还能起到什么作用？”

戈德里洛克把整件事从头到尾细想了一遍。大灰狼朝熊贝比开枪，然后威胁要杀了她。正是他的威胁迫使她弄清楚什么东西对她而言才是最重要的。就在他闯进教室开枪前，熊贝比正好在问她是不是想试试雪花写作法，她当时还拿不定主意，可是当大灰狼说她不可以用时，她才发现自己有多想尝试这种方法。

“来，告诉我灾难还有什么作用？”熊贝比又问了一遍。

“它……迫使我做决定。”戈德里洛克回答说。

大灰狼依言写下：

---

2. 决定

“对。”熊贝比连翻两个跟头下了桌，落在戈德里洛克怀里，探着毛茸茸的小脸亲了亲她的脸颊。

戈德里洛克也说不清自己是什么感觉，她怕熊身上的细菌会蹭到自己脸上，可是她还是紧紧地抱了抱熊贝比，因为她发现自己很喜欢他，虽然他是头熊，而且有点傻里傻气的。她把他放到地上。"可是……
为什么我要做决定呢？"

大灰狼笑了起来。"因为它会为你的故事设定一个新的方向，也会
让很多事变得有趣精彩。要不然你的故事就会给人一种平淡无奇、波
澜不惊的感觉。"然后他写道：

---

3. 新方向

熊贝比走过来又走过去。"你的读者需要这三样东西：刺激、决定、
新方向，而且他们希望这些都能呈现在一张时间表上，也就是说你得
安排好灾难的出场时间。如果你把整个故事想象成一场橄榄球赛[1]，那
么在比赛第一小节结束、中场以及第三节结束时都需要插入一次灾难
性事件。"

"为什么？"戈德里洛克问，"必须这么做吗？"

熊贝比摇摇头。"不，这当然不是什么硬性规定，不过你看那些引
人入胜、打动人心的故事，它们一般都会被分为四个部分，而且在每
两个部分之间都会安插一次比较重大的灾难性事件。"

大灰狼举起爪子说："就好比《星球大战》，在前四分之一，也就
是第一节快结束的时候，卢克的伯伯和伯母被帝国军队杀害，于是他
决定加入欧比旺·肯诺比的绝地武士团。"

---

[1] 橄榄球即美式足球，比赛分为四节，前两节结束后有一次中场休息。——译者注

"没错，"熊贝比说，"在中场的时候，欧比旺·肯诺比持光剑与达斯·维德决一死战，最后被维德所杀。这次灾难性事件迫使卢克独当一面，不再依赖他的师傅。"

戈德里洛克有点明白了。"接着，当他们来到起义军基地所在的星球时发现死星一直在追踪他们。这时，他们必须抉择——是逃避躲藏，还是放手一搏。"

熊贝比点点头。"这是一次关键性的抉择，他们决定站出来，勇敢战斗，这就意味着他们会面临两种结局——要么全体阵亡，要么摧毁死星。第三次灾难性事件指向大结局。可见《星球大战》是个环环相扣、结构非常完整的故事。"

戈德里洛克有点疑惑，熊贝比的理论或许适用于那些格局宏大、波澜壮阔的故事，可是她读过的那些爱情小说呢？"《傲慢与偏见》里就没有什么血光之灾。"

大灰狼闻言哈哈大笑。"被她戳到软肋了吧，熊贝比！据我所知，《傲慢与偏见》无聊透顶，里面没有星球爆炸，没有谋杀，连光剑的影子都没看着。要是没有这些，怎么可能有灾难性事件？"

熊贝比皱起眉头。"《傲慢与偏见》讲的是发生在伊丽莎白·班纳特和达西先生之间的爱情故事，对吧？"

戈德里洛克点点头。"故事很简单，男孩遇见女孩，与之错失，之后失而复得。哪有你说的三次灾难？我只看到了一次，就是男孩失去女孩。"

大灰狼故作悲哀地摇摇头。"熊贝比，看起来你这套理论的漏洞比瑞士奶酪三明治上的孔眼还要多。"

熊贝比拿来背包，从里面取出平板电脑，点了几下，一边喃喃自语一边匆匆忙忙地翻看屏幕。

戈德里洛克有点后悔，她不该在全班面前让熊贝比下不来台。

最后，熊贝比抬起头。"好了，找到了。就在故事进行到四分之一处，伊丽莎白·班纳特跟她的朋友威克汉姆聊天时，对方告诉她达西先生毫无道理地侵吞了他的财产。你怎么看这件事？"

"这件事导致了男孩失去了女孩，"戈德里洛克说，"这算一次灾难，可是另外两次呢？"

熊贝比刷刷刷地滑着屏幕，飞快地翻着页面。"故事行至一半时，达西向伊丽莎白求婚，她说……？"

戈德里洛克的心猛地一跳。"她说他是这个世界上她最不可能嫁的人。"

大灰狼摩挲着两只爪子。"哦哟，她有没有说个那个词？就是'永远'那个词？如果她说了'永远'，那应该就是当真不想嫁了。我没读过这本书，不过听你这么说的意思，那男孩像是要永远失去女孩了。"

熊贝比继续划拉屏幕。"到了故事四分之三处，伊丽莎白开始慢慢了解达西的为人，明白他其实是个正直有为的好青年，可这时她的小妹莉迪亚和谎话连篇的威克汉姆私奔了。对此你怎么看？"

戈德里洛克越发没了底气。"像是另一个灾难，而且还是最糟糕的

一次。"

"哦哟，这回像是女孩要失去男孩了，"大灰狼叫道，"要是伊丽莎白家里闹出这么一桩丑闻，达西就不可能娶她了，对吗？"

戈德里洛克摇摇头。"大灰狼，你得多读点书，没错，这确实是一次灾难性事件，可是它却成全了达西的一片善心——他不仅替威克汉姆还清赌债，还帮他和莉迪亚完婚，挽回了伊丽莎白的家族名誉。达西都是暗地里做这些事的，不过后来还是被伊丽莎白发现了，她也意识到自己原来从一开始就爱上了达西。最后他们结了婚，从此过上了幸福美满的生活。"

大灰狼一脸震惊。"真的吗？太酷了！我从来不知道生活在如此久远年代里的人物竟然会这么……有趣。"他一把抢过熊贝比的平板电脑，坐到教室一角开始读起小说来。

熊贝比看着戈德里洛克。"现在你已经充分了解了雪花写作法的第二步——故事结构的作用。小说中已经有了一个美国间谍，他的降落伞掉在了一个美丽善良的法国女人的菜园里，摔断了一条腿，她把他留在家里悉心照顾。然后出了什么事？"

戈德里洛克想了想。"村里有个坏心眼的纳粹分子跑到女主角家纠缠她……然后发现了那名美国间谍。"

"这就是灾难性事件，"熊贝比说，"那她接下去会怎么做？她会如何改变故事的进程？"

现在轮到戈德里洛克跳上跳下了。"她决心救这个美国人，之前她一直很害怕，犹豫着要不要把他交给纳粹。可当那个坏蛋威胁说要去纳粹那里告发她藏匿敌军时，她杀了他，然后和美国人一起把尸体埋在后院里。"

"这是一个很大的变故，而且她做了一个非常重要的决定，"熊贝比说，"现在，女主角的命运直接关系到了故事的走向。这很像《星球大战》里的卢克，当他决定加入起义军后就回不了头了，你的女主角也是，一旦作出抉择她就没有了退路，因为那个要去告密的人不可能起死回生。"

"但接下去她的处境会很艰难，"戈德里洛克说，"她杀了纳粹分子一事可能会败露，要是那样的话，她就真的要陷入绝境了。"

"那是她的问题，不是你的，"熊贝比说，"你的问题正好相反。要是没人发现她杀了纳粹分子该怎么办？"

"那……她就会没事，美国人也会很安全。"戈德里洛克说。

"这就糟了，"熊贝比说，"而且太糟了。你不能让你的主人公一直处于安全状态，安全意味着无聊。"

戈德里洛克不以为然地摇摇头。"你不明白，熊贝比，她不能莽撞行事，她必须表现得泰然自若，她不能让旁人察觉到有什么异样，因为她得保护她的女儿。"

"的确，"熊贝比说，"你的女主角自然会努力表现出太平无事的样子，但是你，小说的作者，却不能这么做。你想想，对她来说发生什么事是她最难以承受的？"

"纳粹抓走她的女儿，因为她有问题。"

"对，"熊贝比说，"这就可以成为小说里的第二个灾难。纳粹抓走了她的女儿，不过你得先告诉我们她女儿有哪方面的问题以至于会让纳粹把她抓走。"

"那女孩患有唐氏综合征，虽然已经八岁了，可是只有四岁儿童的智力。"

"啊哈！"熊贝比说，"四岁儿童的智商足以让她知道家里多了一个美国人，还有老是纠缠妈妈的坏蛋死于非命，但是四岁的智商却不足以编派出一个天衣无缝的谎言。"

戈德里洛克瘫坐在地板上，脑袋埋入双手中。"这太悲惨了，我可怜的女主角想尽办法只求平安度日，可是最可怕的事情还是发生了。"

"不，这很棒，"熊贝比说，"她必须结束太平日子直面一连串惊心动魄的经历。她遇到的第一件惊心动魄的事会是什么？"

戈德里洛克觉得自己快要吐了。她开始设身处地地想象如果当时自己的女儿被纳粹抓去集中营她会怎么办，这么一想，她连话都说不出来了，眼泪一个劲地在眼眶里打转。"她会……拦住去集中营的卡车，拼命把女儿从车上夺下来，杀了开车的纳粹兵，然后带女儿回家。"

"只身一人？"熊贝比问，"不需要人帮助？"

"有那个美国人在，他爱上了她，也爱她的孩子，他会帮她的。他愿意为她做任何事，虽然他受伤的腿打着石膏，可还能走路，而且他身上有枪。"

"有没有计划？"熊贝比说，"具备的条件很充分，但是他们还是需要制订一个行动计划。"

"嗯，我想让他们在途中埋伏，然后偷袭卡车，杀了司机和纳粹兵……救下女儿，从此过上幸福的生活。"

熊贝比一屁股坐在地上，两手扶着脑袋。"不、不、不，那就太简单了，而且太仓促了。你需要另一个灾难性事件，诺曼底登陆是不是马上就要开始了？"

戈德里洛克的脑子飞速运转着。"是的，周六晚上，可男主角以为盟军会在周一、周二或周三开始行动。"

熊贝比投去奇怪的一瞥。"难道他们没有在几个月前指定好哪天横渡海峡吗？"

戈德里洛克朝他皱了皱眉头。"你是不是不太了解那段历史？盟军需要在一个有月亮的夜晚登陆，那样伞兵才好准确定位，同时必须赶在第二天拂晓的退潮时段发起攻势。六月初只有三天这样的窗口期，盟军虽然在周一登陆了，但是恶劣的天气让进攻推迟了二十四小时。"

熊贝比笑了。"看来你已经做足了功课。"

"那当然，不过就像我之前说的，登陆日迫在眉睫，我们的男主角还没有按原定计划炸毁弹药库，后来他想炸也炸不成了，因为他要帮助女主角救孩子。"

熊贝比看着她。"戈德里洛克，你是书的作者，不要老把'不能''不成'这样的话挂在嘴边，你得把不可能变成可能。"

戈德里洛克感觉到身上的汗水往下淌。"于是他们埋伏在路边，杀了卡车司机和纳粹兵，但是美国人负伤了。哦，天哪……我想他应该伤得很重，"她甩了甩头，抹去了眼泪，"太可怕了，发生这样的事情实在太悲惨了。"

"这不是又多了一次灾难性事件吗？"熊贝比说，"那么这次灾难又将走向什么样的结局？"

"他们夺下了卡车，美国人强忍剧痛穿上了纳粹司机的军服，然后他驱车和女主角、她女儿一起赶到军火库。他身上带着炸药。"

"我希望他们路上经历了一连串的冒险。"熊贝比说。

"哦，是的，可怜的美国人不停地流着血，女人一直在哭，以至于有一段路程不得不由她女儿负责驾驶。凌晨三点，他们终于到达军火库，我也不知道他们是怎么进去的，反正最后他们成功地把纳粹的军火库炸上了天。"

熊贝比笑了。"你现在不必知道他们是怎么进去的，细节可以放在后头慢慢想。但是结局已经定下来了，喜忧参半。我觉得不错。"

"岂止不错，我觉得太棒了，"角落里的大灰狼一边迅速划拉着平板电脑一边说，"有那么多打打杀杀，那么多儿女情长，这个故事简直太对我的胃口了！"

熊贝比走到白板前找到一处空档。"我们刚才学的叫做三幕式结构。雪花写作法的第二步就是给你的小说设计**三幕式结构**，我会用一个由五句话组成的段落来加以说明。"说完，他在白板上写道：

段落概括

1. 给自己一小时准备。

2. 如下所示写一个五句式段落：

    a. 交代背景，介绍主人公；

    b. 概括故事的第一部分内容，至此出现第一个灾难性事件，主人公开始引导故事的走向；

    c. 概括故事的第二部分内容，至此出现第二个灾难性事件，主人公改变原有的行为模式；

    d. 概括故事的第三部分内容，至此出现第三个灾难性事件，推动主人公走向结局；

    e. 概括故事的第四部分内容，主人公面临最后的对抗，或输或赢，抑或有输有赢。

3. 重点关注灾难性事件的描写以及之后主人公所做的决定。

4. 先不用考虑如何解决主人公面临的难题，可放到之后细想。在这一步中只需关注大方向。

接着，他又写下了戈德里洛克的段落式概括：

X是纳粹占领时期生活在法国乡村的一个年轻寡妇，Y是一名美国间谍，在诺曼底登陆三周前，他的降落伞掉落在她的后院，

Y摔断了一条腿。X一边悉心照料一边犹豫是否要把他交给纳粹，直到恶棍Z发现了他们，X不得已杀死了Z。Y帮她掩埋尸体，她不再犹豫，决定保护Y，可是很快她"有问题的"女儿被纳粹带走了。X说服Y一起伏击押送女儿的卡车，然而在解救过程中Y身负重伤，他们驱车一路死里逃生，赶在盟军横跨海峡发动攻势前炸毁了军火库。

"怎么样？"熊贝比问。

"我一定会读这本小说。"大灰狼说。

戈德里洛克仔细看了一会儿，然后发现其中有一个地方出错了，而且错得很离谱。

第六章

没什么比人物更重要

"戈德里洛克，你怎么看上去一脸愁容，"熊贝比说，"有什么问题吗？你已经有了一个三幕式结构的故事，三次灾难性事件一浪高过一浪，一步步将故事推向最后的高潮。你还有什么不满意的？"

戈德里洛克坐在地上，脸埋在手心里摇着头说："这些人……怎么都显得那么平面呆板呢？"她知道自己这话听上去有点不识好歹，她也讨厌这样，可还是忍不住。熊贝比把她的故事给毁了。

"说说看，你所谓的平面呆板是什么意思。"熊贝比说。

戈德里洛克绞尽脑汁想找到合适的字眼。"我……想要一个高大强壮、英俊潇洒的男主角，女主角呢要漂亮、热情如火，可是在你刚才写的段落里我一点也看不到我想要的特质。照这么写下去它就会沦为一部流水账似的枪战片，人物可有可无。"

大灰狼走上前笨拙地拍拍她的肩膀以示安慰。"熊贝比，是你说还

是由我来告诉她？"他的声音听上去和气极了。

熊贝比在她身旁坐下来。"雪花写作法有十步，我们现在才讲了两步，第三步就是关于小说里的人物了。"

这句话一下子点燃了希望之火，戈德里洛克惊喜地问道："真的？我们这就要开始研究人物塑造了？"

"是你，不是我们，"熊贝比说，"我只是给些建议如何来塑造人物而已。"

"很好，我也不希望你操刀帮我写小说，这本书的作者是我不是你。"

熊贝比点点头。"当然，你才是作者，所有创作皆出自于你，雪花写作法只是告诉你接下去需要创作什么。现在是时候来塑造小说人物了。"

熊贝比站起身，伸手把戈德里洛克拉起来。"首先我们要做的就是给你的人物列一张清单，上面注明角色身份和名字，"他走到白板前，用毛茸茸的手背把上面的板书擦干净。"来，先说主角。"

戈德里洛克背朝教室坐上了讲台。"我的女主人公叫伊莉斯，我喜欢这个名字，很可爱。"

熊贝比在白板上写下"女主人公：伊莉斯"。"很好，你还有个英俊的男主人公，对吗？"

"对，他是美国人，叫……"戈德里洛克想了一会儿，"德克，这个名字听上去充满力量，而且还带着点神秘感和一丝危险的意味。他是个勇敢的战士，成长经历比较坎坷，所以在旁人眼中显得有些冷酷，其实他是个内心柔软、非常善良的男人。"

熊贝比写下"男主人公：德克"几个字。"伊莉斯有个女儿对吗？"

"对，八岁，叫莫妮卡。"

熊贝比又把"女儿：莫妮卡"写下来。"现在轮到那个可恶的通敌者了。"

戈德里洛克耸耸肩。"他就是个彻头彻尾的恶棍，所以在他身上我不想多费笔墨，这是个让人恶心、坏到骨子里的家伙，满脑子想的就是把伊莉斯搞上床，不仅如此，他还是纳粹的走狗，我恨死他了。"

熊贝比长满毛的小嘴抿成了一条线。"他有没有名字？"

戈德里洛克耸耸肩。"无所谓有没有，管他叫什么呢，这个下流胚子！"

熊贝比看着她。

"好吧，那就叫他亨利吧。"戈德里洛克不知道熊贝比在想什么，他看上去忧心忡忡的。

熊贝比写下"恶棍：亨利"。"还有没有其他重要角色？"

戈德里洛克想不出来。"还有几个配角，村子里的邮局局长，村长，纳粹兵，都是些小角色。"

"很好，"可是熊贝比的脸上依然没有笑意，"现在，关于这些人物我需要知道更多信息。"

"伊莉斯身材娇小，容貌娟秀，长着一头漆黑的长发，十分漂亮，"戈德里洛克摸了摸自己卷曲的金发，"她有一双绿色的眼眸，这一点很

重要。"

"绿眼睛,"熊贝比深深地叹了口气,"就这些?"

"蓝眼睛快被人写滥了。"

"伊莉斯想要什么?"熊贝比问,"在故事刚开始的时候,她最想要的东西是什么?给我一样具体、特别的东西。"

戈德里洛克没想过这个问题。"我不知道,我觉得年轻女人想要的东西她应该都想要吧。"

"那到底是什么呢?"

戈德里洛克觉得不可思议,这个屋子怎么一下子变得这么热!她拼命想,可是脑袋里空空如也。她突然想起看上一届美国小姐选美比赛,台上那些年轻女郎个个风姿绰约、才华横溢,她是多么歆羡啊。对了,她们所有人都不约而同地企盼一样东西。

"世界和平!"戈德里洛克叫起来,"伊莉斯想要世界和平。"

熊贝比闻言忍不住翻了个大白眼。

大灰狼捧着肚子在地上打滚,笑得几乎喘不上气来。

整个班级也发出一阵阵笑声。

戈德里洛克不明白她的话有什么好笑的。世界和平很重要,难道不是吗?为什么一个身处二战的年轻法国女人就不能想要世界和平呢?

熊贝比叹了口气,掏出手机和一张一百美元的纸币。"戈德里洛克,你憋气能憋多久?"

"不知道,大概三十秒吧,我已经好久没憋过气了。"

"如果你能憋足两分钟，这一百元就归你了。"

戈德里洛克不知道自己能不能做到，不过试一下也不会掉块肉。"好，那我就试一试吧。"

熊贝比在手机上设置好时间。"大灰狼负责捏紧你的鼻子以防你偷偷吸气，要是时间还没到你就先张嘴，那就算你输了。"

戈德里洛克点点头。

大灰狼走上前，紧紧捏住她鼻子前端。"这样没事吧？"

"没事。"

"深深吸一口气然后憋住别呼吸。"熊贝比说。

戈德里洛克吸足了气，而后闭紧嘴巴。

熊贝比开始计时。

第一个十五秒很轻松就过去了，戈德里洛克不由窃喜，憋气也不算太难嘛。不过三十秒过后，她开始觉得胸口发闷。四十五秒后，脑袋发晕、发胀。当计时器显示过了一分钟时，她觉得快要撑不下去了。

时间一秒一秒过去，每一秒都比前一秒更痛苦。

一分零五秒。

一分零六秒。

戈德里洛克已经很清楚自己不可能憋足两分钟了。

她的肺急需氧气。

她受不了了。

她张开嘴，狠狠地吸了口气。

大灰狼松开她的鼻子，惋惜地摇摇头。

"做得不赖，不过还是拿不到那张钞票。"

熊贝比把一百元纸币放回拴在腰带上的钱包里。"你为什么张嘴？"

"因为我需要空气。"

"不是世界和平？"

戈德里洛克忍不住咯咯咯笑了起来。"不是时候。刚才我最需要的东西就是空气，世上其他东西都没它重要。"

"那么你为什么要憋气呢？"

"因为……我也想要那一百元。"

熊贝比的脸上终于绽开了笑容。"当你想要一件特别的、具体的东西时，我将之称为目标，比如你憋气两分钟就是为了想赢得一百元。刚才你很想要，是不是？"

戈德里洛克点点头。"当然，非常想。"

"但是你最后还是放弃了。"

"可能还是因为没那么想要吧。"

"那要是换成一百万的话你觉得你会不会憋足两分钟？"

"可能吧，为了一百万我会坚持更久一些。"

熊贝比走到白板前，写下以下几行字。

目标的特质：

清晰

具体

重要

可实现

有难度

大灰狼还在上上下下打量戈德里洛克。"为了拿到一百万元你真会憋气憋足两分钟？"

戈德里洛克想了想说："也许要训练一下，不过，是的，我会的。"

"你是不是特别想发财？"

"嗯……当然，每个人都想发财，不是吗？"

大灰狼摇摇头，"不，当然不是了！一头狼要钱干什么？如果现在你能给我一群小猪崽的话——"

"嘿！"戈德里洛克叫起来，"你别说这种话吓人！"

"我抗议！"小猪先生厉声叫道。

熊贝比使劲清了清喉咙，说："好了，闹够了吧，大灰狼，拿小猪开玩笑一点也不好笑。"

"抱歉。"话虽这么说，可大灰狼的语气里却丝毫听不出抱歉的意味。

"所以说，戈德里洛克，你想成为富翁，对吗？"熊贝比问。

她点点头。

"这个目标有点抽象，要有多少钱才算富有呢？"

"嗯……我也不清楚，不过如果有了一百万，我想肯定算是很有钱

了吧。"

熊贝比笑了。"成为有钱人是个抽象的概念，对这个人来说，拥有一百万就算是富翁了，对另一个人而言，富有的定义也许是拥有一群小……嗯……牛。而对一个只求温饱的穷人来说，拥有一部手机就等于发了财。"

戈德里洛克从来没有想过这些。"这就有点像世界和平，对吗？模糊不清，而且没有一个统一的标准。"

"对，世界和平也是一个抽象的概念，"熊贝比说，"倒不是说希望世界和平有什么不对，但是你得说清楚它对你究竟意味着什么。你不可能写一部关于某个人如何实现世界和平的小说，不过你可以写一个人如何想方设法从地球上摧毁所有核武器。这就是目标，清晰、具体、重要、有难度，但是通过努力可以实现。"

大灰狼舔了舔嘴唇。"抓到一群小猪崽也不是什么不可能的事。"

"我要向研讨会主办方举报这个凶手！"小猪先生踏着大步走出了教室。

熊贝比啪啪啪在大灰狼的爪子上打了几下。"你太口无遮拦了，下课后去向小猪道歉，知道了吗？"

大灰狼狠狠地剐了一眼教室门，一字一顿地说："我会的。"

戈德里洛克不明就里，她知道这肯定不是大灰狼和小猪第一次见面。很显然，两人之间肯定有什么宿仇旧怨。大灰狼该不会真想吃了小猪吧，她不禁打了个寒战。

熊贝比一脸怒容。过了一会儿，他终于转过身对戈德里洛克说：
"我很抱歉，戈德里洛克，现在让我们回到你的故事中。像世界和平这
样比较抽象的概念我称之为抱负。它能推动目标达成。"

"我不明白。"戈德里洛克说。

"你有发财的野心，"熊贝比说，"因此如果有机会靠憋气两分钟获
得一百万，你就会以此为目标力争挣到这笔钱。因为你的抱负就是成
为富翁。"

大灰狼嗤之以鼻。"我真搞不懂人类对于钱财怎么这般着迷，钱有
什么用？对我来说，最重要的是……嗯……食物。"

戈德里洛克握着他的肩使劲摇晃。"你怎么可以对小猪这么残忍？"

"因为我不想挨饿，"大灰狼说，"你怎么会蠢到想要一袋子花花绿
绿的破纸？纸有什么用？"

"因为我能用钱买我想买的一切，比如好看的衣服。"

"我才不需要什么好看的衣服呢。"大灰狼说。

"还有化妆品。"

"我也不需要化妆品。"

"一栋漂亮的房子。"

"那还不如一个温暖干燥的洞穴来得实惠。"

"好吃的。"

"这不就是我刚才说的吗？可你刚才干嘛摆出一副高高在上的样
子？"大灰狼气呼呼地说，"难道吃早饭的时候你就不想来份培根？"

"那不一样。"戈德里洛克说。

"有什么不一样？"

熊贝比兴奋得又蹦又跳。"你俩有没有发现你们在吵什么？"

戈德里洛克摇摇头。

大灰狼咧嘴一笑点点头。

"价值观！"熊贝比说，"你们看重的东西各不相同。戈德里洛克看重的是衣服、化妆品、漂亮的房子和可口的食物。这些东西就驱使她怀揣有朝一日成为有钱人的抱负，因为有了钱她就能拥有她看重的一切。"

"哈！"大灰狼说，"人类的品位实在不敢恭维。我只对食物感兴趣，有了吃的就心满意足了。"

"还有温暖干燥的洞穴。"熊贝比说。

"那……当然。"

戈德里洛克一阵哆嗦。"呃，太可怕了，你怎么会把一个洞看得这么重要？"

大灰狼还她一阵哆嗦。"那你又为什么把一栋又大又丑，人工搭建的房子看得这么重要？一堆木头、石膏、泥灰堆砌的破烂玩意，油漆、地毯、窗帘散发着一股难闻的气味。房子把清新的空气、皎洁的月光都拒之门外，你在里头过日子不觉得恐怖吗？"

"好了，好了，吵够了吧，"熊贝比说，"照这么个吵法，你俩可以翻来覆去吵上一整天，因为你们坚信只有自己的想法才是正确的，自己看重的东西才是理所应当该看重的。可是，这个理所应当只是你们自己认为的理所应当而已，并不是所有人都这么认为。"

戈德里洛克双手抱胸。"只要有一点点常识的人应该都会认同我所看重的东西。"

大灰狼横了她一眼。"对动物来说，你看重那些东西本身就是没有常识的表现。要知道，动物的数量比人多。"

"时间到！"熊贝比喊道，"你们这么吵下去也吵不出什么名堂来。从定义上看，价值观是公认的，无需论证。让我们来看一下价值观是如何起作用的。"他走到白板前，写下板书：

价值观==>抱负==>目标

"我们每个人都有一套自认为是被公认的价值观。戈德里洛克认为没有东西比钱重要，大灰狼则认为一群……嗯……一堆食物最要紧。他们两个谁也说不清各自的价值观为什么是正确的，因为这似乎不需要任何理由。他们的价值观之所以是价值观没有其他原因，就因为它们本来就是。"

"显而易见。"戈德里洛克说。

"不言而喻。"大灰狼说。

熊贝比咧嘴笑了。"好了，至少在这一点上你们达成一致了。你的价值观催生了你的抱负。因为戈德里洛克认为钱最重要，所以她有了成为富翁的抱负。可是抱负是抽象的，我们不知道抱负长什么样子，如果现在通过憋气两分钟能赢得一百万，这就为她制订了一个目标——赢得那笔钱，正是这个目标能帮助她实现成为有钱人的抱负。"

大灰狼胡乱点了下头。"你可以写这么一个故事：一个一头金发、贪心的傻姑娘愿意赌上性命去换来一大堆没用的绿纸头。"

戈德里洛克狠狠地白了他一眼。"书里还有个坏蛋—— 一头以猪为食、臭烘烘的犬科类动物，一心想要阻挠女主人公实现她的梦想。"

熊贝比把手撑在他圆滚滚、毛茸茸的屁股上。"快打住，别再斗嘴了。戈德里洛克，我给你布置一项回家作业。你有没有准备好把小说里的主要人物变成活生生的、有七情六欲的、三维立体的人？"

她点点头，顺带瞄了一眼大灰狼。"只要他们都是人。"

"比死还惨的命运就是成为人。"大灰狼叽里咕噜地回怼道。

熊贝比来到白板前。"我希望你能按照以下内容给你的四个主要人物补全信息。"接着，他在白板上写道：

主要人物简介

人名：

身份：

目标：

抱负：

价值观（列举两样以上他/她所看重的东西）：

一句式概括：

一段式概括：

戈德里洛克用手机把板书拍下来。"为什么在价值观这一栏需要填两样以上的东西？"

"因为大多数人看重的东西都不止一样，这些东西极有可能无法同时获得，人们必须作出取舍。当发生这种情况时，人的内心就会出现挣扎，而他的行为就会变得难以预料。"

大灰狼的脸上浮现出一个大大的贼兮兮的笑容。"我不是想插进来打扰你们，可是板书最底下两行是不是写错了？一句式概括和一段式概括你不是都让她写过了吗？"

熊贝比摇摇头。"她确实已经给男女主人公写过一句式和一段式概括了，但是书里其他两个角色也都有各自的故事。每一个人物都认为在自己的故事里只有自己才是主角，而他们的人生经历跟主角的故事全然不同。对于他们的前情往事你得做到心里有谱，你要知道是什么让他们变成书里呈现的样子，他们想要什么，他们打算如何去获取。"

"听上去有好多工作要做。"戈德里洛克说。

"当然，你也可以不做这些直接动笔。"熊贝比说。

"不，我没法直接动笔，我跟你说过，我不知道从哪儿开始写起。"

熊贝比指着白板说："现在你知道从哪儿开始了。好了，今天的课就到这里，你如果给每个人物一小时的时间，那么你只要花四个小时

就能完成，明天记得把写好的东西带给我看。"

戈德里洛克暗暗叹了口气，看起来今天不能早睡了。

✳

那天晚上，她把孩子们哄上床后便坐到电脑前开始打字。文思如泉。伊莉斯的故事她已经烂熟于胸，所以一气呵成。德克的故事也已构思了一部分，她不停地敲击键盘，屏幕上接连不断地蹦出了一个又一个文字。莫妮卡的部分写起来有些费劲，不过她还是成功地为这个人物添加了合情合理的描述。

可是那个亨利！

戈德里洛克恨他恨得牙痒痒。这个中年人猥琐、下流，一心只想和伊莉斯睡觉。多么恶心的一个人啊！她想不出该如何塑造这个人物，反正也没什么关系，他就是个大反派，而且出场不久就会一命归西，她没必要在他身上费时耗力。

戈德里洛克工作至半夜终于完成了功课。等她爬进被窝缩成一团时，她觉得自己已经蜕变成了一名真正的作家。明天，她会把今晚的成果带给熊贝比看，他一定会夸她是个极具天赋的作家，然后教她接下去的步骤。

她都有点等不及了。

第七章

把故事装进一页纸

第二天一早，戈德里洛克就带着笔记本电脑来到了研讨会。她是班上第一个到的学生，她急不可耐地等着上课。熊贝比怎么还没来，他不知道她想快点给他看自己的作业吗？

开课前十分钟，熊贝比走进教室。戈德里洛克立刻捧着电脑冲到讲台边，熊贝比都来不及把身上的大背包放下来。

"快看看，这是我昨晚写的。"

熊贝比滚动页面浏览了一会儿。"让我们来看看。这是你的女主人公……非常好，你写了整整一页纸，我看到了她最看重的两样东西。"

"我花了很长时间来描述她的价值观，"戈德里洛克说，"这世上没有任何人比她的女儿莫妮卡更重要，也没有任何事比拥有一个爱她的男人更可贵。"

熊贝比忽然调开目光。"来，告诉我那个男人亨利是怎么纠缠她的，

说得详细些。"

"他太可恶了,"戈德里洛克立马接口道,"因为他是纳粹的走狗,所以很有钱。"

"这么说来他很爱伊莉斯。"

"他只想和她上床。"

"他满脑子只想这一件事?和伊莉斯睡上一觉?"

"哦,别傻了,他当然是想跟她结婚了。"

"对我而言,一个男人如果想娶一个女人,那就说明他爱她。"

戈德里洛克夸张地叹了口气,说:"但愿吧。"

"如果他有钱,为什么不能帮伊莉斯抚养莫妮卡呢?"

"也许能吧,所以呢?你想说什么?"

"伊莉斯最看重两件事,"熊贝比说,"对她来说,没什么比照顾好莫妮卡更重要,没什么比一个爱她的男人更珍贵。这么看来,亨利完全符这两个条件,如果伊莉斯跟他结婚,她应该会很幸福。"

戈德里洛克瞪着熊贝比,搞不懂他怎么这么现实,这么不懂浪漫!熊类可能不谈恋爱。不管谈不谈,熊贝比年纪这么小,应该还没有恋爱经验,他确确实实是一个没啥阅历的愣头青。

熊贝比的目光一直停留在戈德里洛克脸上。"伊莉斯为什么不愿意嫁给他?"

"因为……他是个坏蛋!他是个秃头,还是个胖子,而且还是纳粹的走狗。"

熊贝比扫了一眼文档。"在对伊莉斯价值观的描述中，我没有看到她心仪的男人必须毛发茂盛、有肌肉、有线条，同时必须是一个和纳粹斗争到底的英雄。"

"可是……这还用说吗？"戈德里洛克叫道，"谁会喜欢一个又秃又肥、滥杀无辜的男人？说实话，你可能缺乏常识——"

"她又来了，总认为自己是对的。"大灰狼说。

戈德里洛克猛地转过身瞪着大灰狼。"你从哪儿冒出来的？谁问你怎么想了？"

"是你啊，你刚才说没有人会喜欢一个又秃又肥、滥杀无辜的男人。来，让我告诉你，吃一个秃子比吃一个有头发的人方便多了，如果他长得胖，那就意味着他很柔软，咬上去鲜嫩多汁。说到滥杀无辜，在我看来，这世上压根就没有一个无辜的人，你看看你们人类是怎么破坏大自然，怎么把各种物种赶尽杀绝的。所以——"

"打住！"熊贝比一边说一边插在戈德里洛克和大灰狼当中。"不要把话题岔太远好不好？我想说的是戈德里洛克还是没有完全说清楚伊莉斯最看重的东西是什么。全心全意地爱她，似乎只满足这一点还不够，这个男人还得是个英俊的年轻人。"

"没错，当然，这还用说吗？"

"对伊莉斯而言自然是不用说了，但对其他人就不一定了，"熊贝比说，"这就是价值观的问题，他们并非全都理所当然。一个老妇人也许就喜欢一个跟她差不多年纪、谢了顶的胖男人，因为他们有共同语

言，能聊到一块儿去，而英俊潇洒、无比自恋的年轻男人只会跟漂亮小姑娘套近乎。"

"好吧，好吧，我会把伊莉斯的择偶标准写得更具体一些。"戈德里洛克气鼓鼓地说道。

"另外，伊莉斯认定纳粹的走狗就是坏蛋。"

"当然了，这还用……"戈德里洛克忍不住长叹了一口气。

"说吗？"熊贝比顺口把话接完，"可是纳粹的走狗成百上千，显然，与纳粹为敌并不是所有人的价值观。"

"对，因为那些人的价值观就是为了活命干什么都成，"戈德里洛克说，"可是每个人都知道应该和纳粹抗争到底，这……还用说吗？"

"你一直在重复这句话，其实不是这样的，"熊贝比继续看戈德里洛克的作业，"看来你得为伊莉斯加上几样最看重的事。好了，人差不多都到齐了，我们准备上课。"

戈德里洛克这才发现屋子里已经坐满了人，她合上电脑想找一个座位，可是底下几乎全都满座了，只有第二排还有一个空位——紧挨着大灰狼。她跑过去坐下，不过尽可能往边上挪了挪，离他越远越好。

大灰狼冲她坏坏地一笑，舔了舔嘴唇。

熊贝比站在讲台前拍了拍爪子示意大家安静下来。"今天，我们要继续介绍雪花写作法的下一步—— 一页纸大纲。"

"呃！"戈德里洛克说，"我最讨厌写大纲！我试着写过一稿，太糟糕了，简直无聊透顶！昨天，有头上了年纪的熊教我们怎么写大纲，但是对我一点用都没有。”

“对我爸爸倒是很管用。”熊贝比说。

戈德里洛克的嘴巴张得老大。“熊老爹不会……是你爸爸吧？”

“是我妈说的，她说的应该不会有错。”

“这么说熊妈咪是你妈？”

“我还以为不用说大家都知道呢，”熊贝比笑嘻嘻地说，“现在你也许能同意我的观点了，对某个人来说不言自明的事对其他人而言未必如此。好，让我们回到正题上。今天，我们要学习如何写一页纸大纲，等会你们就会发现这其实很简单。”

戈德里洛克双手抱胸。她已经尝试过了，很清楚写大纲是件非常枯燥乏味的事。她想要不先逃一节课，等熊贝比教授更有趣的内容再回来。

“你们有些人肯定在想，写大纲太没意思了。”熊贝比说。

戈德里洛克的脸一下子红了。

“这么想也无可厚非，写大纲确实是你们整个写作过程中最无趣的一个环节，但是只要你们准备把书卖给出版商，那么大纲就必不可少，因为他们要求你提交的计划书里必须有这样东西。要是你没有一份夺人眼球的大纲，你就找不到一个出版代理人。”

戈德里洛克的胸口就像被灌了铅一样，看来从事这个行当真是关山重重。

“我们今天的目标就是找到一种方法轻松迅速地写好一份令人印象

深刻的小说大纲，"熊贝比说，"其实我们已经上路了。"

大灰狼打了一个响亮的哈欠。

戈德里洛克厌恶地横了他一眼。

"之前我们已经学会如何用一段话概括你的小说内容，"熊贝比说，"现在只要把段落里的每句话扩写成一个独立的段落就行了。换言之，你们已经有了五句现成的句子，接下来的任务就是把它们扩展成一页纸上的五个段落。怎么样，不难吧。"

戈德里洛克觉得有些不可置信，这听上去也太简单了吧，里面肯定有陷阱。

"我看你们很多人都带了电脑，"熊贝比说，"写一篇大纲需要一小时左右，我希望你们现在先花二十分钟时间写前两段。二十分钟后，我们来朗读一下在座几位写的段落，写得最好的同学能得到一份奖品，至于是什么，我先卖个关子，之后再说。"

戈德里洛克太想得奖了。她怀疑奖品可能是和写作有关的东西，也许是熊贝比的签名赠书，或者是把得奖人推荐给知名出版代理人。

大灰狼挠了挠胳肢窝。"祝你好运，金发美女。"他用大家都能听见的声量跟戈德里洛克耳语道。

戈德里洛克掀开电脑开始"奋笔疾书"。她并不需要运气，而且对于大灰狼以及他的恶劣表现她已经快忍无可忍了。

二十分钟一晃眼就过去了。熊贝比下令停笔时戈德里洛克正好写完第二段。

"谁愿意来读一下？"熊贝比问。

戈德里洛克毫不犹豫地举起了手。

教室里其他学生几乎都和她一个反应。

熊贝比选了后排附近一个谢了顶、长得圆咕隆咚的中年男人。

他站起来，把自己写的两段文字读了一遍，行文优美，毫无瑕疵。这是一部故事背景设置在纽约的文学小说，内容梗概读起来朗朗上口。

戈德里洛克一下子泄了气，她恨不能钻进地板缝里去，这么高的水平她实在难以企及。

大灰狼靠过来在她耳朵边低语道："语言很流畅，但是没有情节，光看大纲完全不知道是个什么故事。"

"下一个？"熊贝比说。

这一次仍然有十几只手举在半空。

熊贝比让一个有点年纪的女人站起来。她身形臃肿，头发乱糟糟的，戈德里洛克觉得她脸上的妆容也是一言难尽。女人写的是一部色情小说，大纲的头两段就已经描写得非常露骨。

戈德里洛克听得双颊发烫，她难以想象居然会有人写这种类型的小说，更不敢相信她竟然还有胆子当众朗读。

大灰狼叹为观止，他悄声问："人类的脸皮居然也能厚到这种程度？"

当熊贝比请下一个朗读者时，戈德里洛克再次举手自荐，可熊贝比像是看不到她的存在似的。

几个人朗读之后，戈德里洛克有点提不起劲了。她连站起来的机会都没有。

这时她感到有什么东西在拍她的肩膀，那东西毛茸茸的、暖烘烘的。是只狼爪。

戈德里洛克不想搭理他。

爪子的主人一点没恼，继续锲而不舍地拍着她。

最后，她忍不住转过头朝大灰狼怒目而视。

他毫不介意，熟络地靠过去说："要不要我来吸引一下熊贝比的注意？"

戈德里洛克很矛盾，身体里的一部分恨不得告诉他快点去死，另一部分却又觉得没准他真能帮上忙。她太无助了，最终她还是微微点了点头。

等一个作者读完后，熊贝比又问："下一个谁来？"

大灰狼呼地站起来，一边挥动着两只爪子一边嚷嚷："嘿！这儿，这儿！金发美女想读大纲都快想疯了！你有没有听到我说话，熊贝比？"

戈德里洛克心想还不如死了算了，该死的大灰狼怎么能让她这么丢人现眼呢？

熊贝比笑了。"看把你急的，就好像是你俩一起写的似的。很好，来吧，戈德里洛克，给我们读读你写的开头。"

戈德里洛克站起来开始朗读。

"那是一九四四年的五月，盟军急需在诺曼底登陆前夕炸毁德军的一个重要军火库。他们派出五六个训练有素、全副武装的突击队员空降敌军后防线，然而运载他们的飞机被防空火力击中，只有一名突击队员德克·斯蒂尔成功逃生。他的降落伞掉在了距离目标二十千米远的一个法国村落。由于深夜光线昏暗，他落在菜园里时不幸摔断了腿。"

戈德里洛克停下来喘了口气准备读第二段。

整个教室变得非常安静。

"菜园的主人是一个名叫伊莉斯·雷诺尔的年轻女人，她是一个寡妇，带着患有唐氏综合征的八岁女儿莫妮卡一起生活。因为女儿身有残疾，伊莉斯一直害怕纳粹会把她关进集中营。伊莉斯想加入当地的抵抗组织。她不怕死，可是如果她死了，她的女儿怎么办？当她在菜园里发现昏死过去的德克时，她知道最安全的做法是把他交给纳粹，可是她不能这么做。于是她把他藏在地窖里并帮他简单包扎好摔折的脚踝。接下去的一个星期，伊莉斯一直在和自己的良心苦苦缠斗。她有一个追求者名叫亨利，这个谢顶的中年男子是纳粹的走狗，伊莉斯十分厌恶他。有一天，亨利找上门纠缠伊莉斯时发现了德克，伊莉斯杀死了他并和德克一起把尸体埋进了菜园。"

戈德里洛克读完了。"我就写到这儿。"

教室里爆发出一阵热烈的掌声。

熊贝比开心得上蹿下跳。"写得太棒了！非常精彩。你的第一段就给我们展现了一幅气势恢宏的画卷，有时间、地点、风险，而且是高风险。此外，你还介绍了女主人公的情人，德克，给他设置了大麻烦。在第二段中，你介绍了女主人公，伊莉斯，并且为她安排了两个难题——身患残疾的女儿和一个厚颜无耻的追求者，最后以一次灾难性事件结束。用不了多久，村民们就会觉得蹊跷，亨利怎么不见了。伊莉斯已经深陷其中，无法回头了。哇塞，简直太完美了！"

戈德里洛克骄傲得面泛红光。她做到了！她至少完成了大纲的一部分，而且还写得很有意思。

"看来奖品归谁已经很明显了。"大灰狼说。

戈德里洛克转过头看了一眼大灰狼。"我……我想这应该由熊贝比来决定。"

这时，大灰狼从他脏兮兮的毛发里掏出一张名片递给戈德里洛克，说："奖品就是跟我约会一小时。"

卡片上写着：大灰狼文学代理公司。地址在纽约。

戈德里洛克突然觉得有些喘不上气来。大灰狼是出版代理商？而且还是从纽约来的？

"一起吃个午饭怎么样？"大灰狼说，"我对你很感兴趣。"

熊贝比高兴地拍着手。"太好了！戈德里洛克，你大概还不知道吧，大灰狼是一个非常出色的出版代理人，他年轻，雄心勃勃，跟编辑交涉的时候没人能从他那里讨到一丝便宜。我想这得归功于他那口大牙和锋利的爪子。"

"谁叫我长得像地痞流氓呢。"大灰狼伸出爪子梳理了一下邋里邋逼的毛发。

戈德里洛克心里打起了鼓。要是她丈夫知道她和这么一个不着调的家伙共进午餐不知道会作何想。

大灰狼舔了舔嘴唇。"喜欢吃猪肋排吗？"

"是——是的。"戈德里洛克说。

"我想你大概不会对生猪排感兴趣吧。"

"嗯，还是烤着吃吧。"

他的脸一垮。"好吧，那就只好退而求其次了。我知道一个地方，希望你不会介意开车去荒僻的城郊，那个店面小得就跟自动售货机差不多，不过那儿卖的猪肋排味道绝顶。"

戈德里洛克听得心惊肉跳，事情怎么开始变得让人有点毛骨悚然了呢。

熊贝比摇了摇桌上的铃。"下课了，十五分钟后我们回来继续学习雪花写作法的第五步。"

第 八 章

人物秘事

课间休息的时候戈德里洛克发现同学们看她的眼神、待她的态度都有些不一样了，仿佛她和他们不同，是一个对自己要写什么、怎么写都已经成竹在胸的职业小说家似的。

她不明白他们为什么会这么看她。要是他们发现其实她就是一个一无所知的菜鸟不知该怎么笑话她了。她非常幸运，熊贝比给予她那么多指导和帮助，不过大灰狼突如其来的青眼有加令她感到有些不安。如果他感兴趣的不是小说，而是其他什么东西……那该怎么办？戈德里洛克不禁哆嗦了一下。可如果他真是个心怀鬼胎的恶人，熊贝比应该也不会邀请他来参加研讨会的。

等同学们陆续回到教室，戈德里洛克一下子注意到小猪先生的脸上洋溢着一股得意扬扬的神情。

大灰狼不见了。

熊贝比瞪着小猪。"大灰狼已经付出了代价，你为什么还要向主办方揭发他的……过去？"

小猪嗤之以鼻。"要是当初冷血无情的大灰狼杀死的是几头熊，你可能就不会有那份闲心整天跟他混在一起了。你刚才是亲耳听到他如何吹嘘吃猪的，我倒是想问问你什么意思，明知道我也参加，为什么还非得邀请他来研讨会？"

戈德里洛克觉得浑身冰凉。大灰狼是谋杀犯？

熊贝比双爪抱胸看着小猪。"我确信他已经改邪归正了，现在他是一位受人尊敬的文学出版代理商，在这个教室里他不会对任何人构成人身威胁。"

小猪冷冷一笑，说："你说了不算，要看主办方怎么定夺了。"

"如果他们不同意大灰狼留在这儿，那我倒是要去和他们好好理论一番了。"熊贝比说着一把掀开电脑，光看动作就知道他有点动气了。"我们已经在这些乱七八糟的事情上浪费了太多时间，好了，现在让我们开始学习雪花写作法的下一步。"

屋子里响起一片窃窃私语声。

戈德里洛克还在考虑要不要放弃和大灰狼的午餐约会。

"你们已经完成了大纲的前两段，不太难，对不对？"熊贝比说，"而且也没你们想象的那般无趣，这是因为你们都开始把注意力放在了灾难性事件上。今天的回家作业就是完成大纲剩下的部分，接下来，我们还是要继续关注人物塑造。"

哈巴德太太说："昨天不是已经学过人物塑造了吗？"

"在雪花写作法中我们研究的对象将交替上场，先是情节，然后是人物，再回到情节，接着又是人物，随着次数递增，研究的深度也会不断增加。昨天我们在学习第三步时，只是粗略整理了一下人物的皮毛信息：人名、目标、抱负、价值观。今天我们将透过表象挖掘更深层次的内容。"

熊贝比停下来，取过桌上的依云矿泉水喝了一口。

戈德里洛克打开电脑开始记笔记。她已经等不及想快点开始下一步的学习了，她喜欢看以人物为主导的小说，而她最喜欢的几个作家都非常擅长潜入人物的内心世界。熊贝比在这方面也许教不了她什么，她对于挖掘人物精神世界所具备的丰富知识没准能让熊贝比吓一跳。不过也不好说，没准她真能从熊贝比那里学到一两招也说不定。

"谁愿意坐到这里来给大家做示范？"熊贝比问。

戈德里洛克没说话。她确实很想接受人物塑造方面的指导，但她不想成为焦点人物。

小猪先生举起了他的右前蹄。"我不需要你帮我塑造人物，因为他们都有活生生的原型，其中包括一头位高权重的高级行政管理猪。不过，我想雇一个能帮我写稿的人，报酬优厚。"他若有所指地扫了一眼戈德里洛克。

熊贝比沉下脸。"如果有人对小猪刚才的提议感兴趣，请在课后联系他。现在，我们先来重点学习如何塑造虚构小说中的人物。谁愿意

到台上来？"

哈巴德太太开口道："我对戈德里洛克的故事非常好奇，听上去有意思极了。"

教室里窸窸窣窣响起一片"我也是""我也想听"的话音。

"戈德里洛克，看来这是群众的呼声。来，快坐到这儿来。"熊贝比说。

戈德里洛克觉得脚底发虚，可她还是走上前坐在了主讲席上。她有一点点担心，自己的发型会不会看上去不够整齐漂亮。

"说说你故事里的男主人公，德克，"熊贝比说，"他是个英勇的突击队员，空降到敌占区，准备炸毁一座戒备森严的军火库。他为什么要执行这项任务？"

"我……"戈德里洛克不想说她不知道，之前她也没怎么考虑过德克执行任务的动机，"是这样的，因为他痛恨纳粹。"

"在一九四四年，所有美国人都痛恨纳粹，"熊贝比说，"可是德克是我所知的唯一一个背着炸药趁着夜色空降到法国村庄的美国人。在执行任务过程他很可能被敌军所杀，他为什么要主动请缨，承担如此危险艰巨的任务呢？"

戈德里洛克还没来得及理清头绪就开始了讲述。她花了十分钟时间解释德克在布隆克斯一个贫穷混乱的街区长大，童年时期的他瘦小羸弱，一些大男孩总爱欺负他，恶劣的环境教会他为了生存必须以牙还牙。长大后，他练就了一副强壮有力的身板，行事果敢，无所畏惧。

德克最好的朋友是个犹太男孩，名叫本尼，他叔叔在柏林经营一家商铺，然而在水晶之夜①，纳粹的铁蹄和枪炮把店铺变成了一片废墟，叔叔生死不明。德克之所以主动请命就是因为他知道在欧洲有千百万人像本尼叔叔那样身陷人间炼狱，他想尽自己的一份力量跟纳粹斗争到底。

熊贝比又问德克的家庭状况。

戈德里洛克说他有几个兄弟，他本人还是单身。

"女朋友呢？"熊贝比说，"像德克这样高大英俊的男孩肯定有女朋友，对吗？"

戈德里洛克没想那么多，于是她当场编起了故事。"嗯……他当然有，不过在执行任务前的一个月他们分手了，因为……嗯……他在酒吧和几个水手打了一架，其中一个正好是他女朋友的哥哥。"

熊贝比摇摇头。"德克彼时应该正在接受训练成为一名突击队员，一个月后就要执行任务了，他还有心思跟人打架？他脑子是不是不太清楚？"

"那是仗义好不好！"戈德里洛克说，"那些水手在找本尼的碴儿，德克怎么可能坐视不理呢？当然要把他们统统揍进医院了。"

熊贝比说："德克似乎很有保护欲。"

"没错，他就是那样。"

---

① 水晶之夜指1938年11月9日至10日凌晨，希特勒青年团、盖世太保和党卫军袭击德国和奥地利的犹太人的事件。"水晶之夜"事件标志着纳粹对犹太人有组织的屠杀的开始。——译者注

"可是在他着陆时他摔断了脚踝，然后一个女人收留他，照料他，保护他。你觉得他会作何想？"

戈德里洛克想了几秒钟，捋顺了德克的心理斗争，并解释了他在囿于地窖几天后变得焦躁难耐。"这……也就是在亨利来纠缠伊莉斯那天他会出现在屋里的原因，他快被憋坏了。"

"很好！"熊贝比说。

戈德里洛克坐回到椅子里，心头暗喜，刚才人物的内心活动讲得非常清晰完整。雪花写作法在不断地逼她思考之前没有想明白的事情，不得不说效果很好，通过这种方法，小说里的漏洞正在慢慢填补中。每次熊贝比提问，她都能应对自如，当场编织情节，即时想出答案。她有点得意，原来自己确有写作天赋。

"好，现在来说说亨利。"熊贝比说。

戈德里洛克耸了耸肩。"这个人没什么可说的，他是个恶棍，对伊莉斯纠缠不休，他一直威胁她说如果不从……嗯……你懂的。"她有点犹豫该不该说出口，熊贝比年纪太小，对男女之事可能还不怎么了解。他一看就是一头天真无邪的小熊。

"亨利这人听上去像是个大坏蛋。"熊贝比说。

"我们能不能讨论伊莉斯和莫妮卡？"戈德里洛克说，"我觉得没有必要在亨利身上花很多时间，我跟你说过，他不重要。"

"可他是这个故事里的反派，至少在前半部分他一直是。"熊贝比说。

戈德里洛克摇摇头。"所以说反派不重要，我不喜欢亨利，把他翻来覆去讨论纯属浪费时间。而且在第一幕结束时他就会被杀死。"

"反派非常重要。"熊贝比说，"我爸早前写过一本挺有名的书，书里用了大量的篇幅描写反面人物。故事是根据真实事件改编的。当时我还是一头幼崽，有个人类的小孩闯进了我家，她偷喝了我们的麦片粥，弄坏了家具，等我们回家时发现她正躺在床上呼呼大睡。醒来后不肯束手就擒，拼命逃跑了。很显然，她是一个心存不轨的坏家伙，但正因如此，故事才变得有趣好看。"

戈德里洛克听得浑身发热，只好不停地拿手当扇子扇着风。"听……上去确实挺糟糕的。可是如果你知道女孩背后的故事，没准就会发现她有不得已的苦衷。也许她有一个凄惨的童年，也许她迷路了，又累又饿，又或许她只是害怕熊。她这么做的背后肯定……有各种各样的原因。"

熊贝比一听就来气。"哼！她就该被关到监狱里去。"

戈德里洛克尴尬得满脸通红，她真想逃出教室，可是这么做岂不是更显得她心虚吗？一想到她逃跑后教室里的其他人会怎么看她，她就觉得难以忍受。"我觉得熊老爹在这本书里没有好好塑造反面人物，他应该多考虑一下女孩这么做的动机，你觉得呢？"

"好吧……我也知道他应该那么做，"熊贝比草草地应了一句，"但至少熊老爹没有在小说一开始就判了反派死刑。如果你对一个真实生活中出现的坏蛋都能宽容以待，那么对于虚构作品中的恶棍难道不应该多花一点心思吗？"

"是的，确实应该这样，我刚才就在考虑这个问题，也正打算这么说来着。"戈德里洛克发觉自己的语速有点急促。

"很好，现在我希望你像对待主人公一样善待你的反面角色，"熊贝比说，"我们要夯实你的故事，而现在故事还有点单薄。"

"单薄？"戈德里洛克的心脏漏跳了一拍。这怎么可能？每个人都说她的故事精彩极了。"这是什么意思？"

"你的故事是否扎实取决于反面人物的塑造够不够扎实，"熊贝比说，"换句话说，扎实的反派造就扎实的故事，同理，单薄的反派则会让故事也显得单薄。现在你的亨利就很单薄。"

"可纳粹也是书里的反派。"戈德里洛克说。

"大错特错。纳粹是抽象的，我不可能看到一百万个纳粹兵，但我能看到一个谢了顶、身材臃肿的法国男人，这条纳粹的走狗一心想把你的女主人公骗上床。但现在，他的形象一点也不丰满、不生动。你没有花力气，所以他看上去不吸引人，而他的结局也完全像是在自寻死路：因为太过愚蠢丢了性命。"

戈德里洛克觉得脑袋瓜里全是浆糊。"可你说过他的死安排得很好。"

"对塑造女主人公当然是好事，因为正是他的死让女主人公深陷其中，切断了她的退路，可同时他的死也削弱了故事的紧张度，因为你的故事里没有反派存在了。"

"既然如此糟糕，为什么你之前什么也没说呢？"

熊贝比笑了笑，说："那是因为它并不糟糕。你的故事里有许多让人欣赏的地方，但是反派太单薄，现在你得让这个人物变得更加丰满有力。"

"可是……怎么变？我得做些什么呢？"

"你得钻到这个人物里头，把你自己变成他，"熊贝比说，"搞清楚他为什么会变成现在这个样子。每个人都有别人不知道的秘辛，我想知道亨利背后的故事，想知道他究竟为什么会干他现在干的勾当。说说亨利的秘密往事吧，在这个故事里，他就是主角。等你完成这一步，我们再回过头去重新研究之前的几个步骤。"

"可是到目前为止我们在这个故事上已经花了这么多精力。"戈德里洛克说。

熊贝比有些不耐烦了。"来，闭上眼睛，想象你就是亨利。1944年，你是个中年男人，也就是说你大概在1900年前后出生在法国的小村庄。告诉我你的成长经历。"

"好吧……"戈德里洛克的头脑重新开始高速运转起来，"小时候，我长得很矮很胖，其他孩子总爱拿我开玩笑，长大后，我没能拥有德克那样高大强壮的体魄，我只好靠脑子，慢慢地我学会了如何在我的两个死对头之间煽风点火。"

"举个例子。"熊贝比说。

"上高中那会儿，班里有两个长得很帅的男孩，他们在女生中间很受欢迎，一个叫查尔斯，另一个叫迈克，他们总是欺负我，"戈德里洛克说，"有一天，我以迈克女友的名义给查尔斯寄去一封信，查尔斯信

以为真，就去挑逗那个女孩。迈克知道后去找查尔斯，两人大打出手，迈克被打瞎了一只眼睛，查尔斯被迫离开小镇参了军。"

"你有没有参加过一战？"熊贝比问。

"我一到年龄就报名参军了，可是因为视力很糟没法射击，所以只好在军队里当炊事员。没有机会报效国家，我一直引以为憾。"

"战后发生了什么？"熊贝比问，"是不是接二连三都是坏事？"

戈德里洛克点点头。"先是西班牙流感，然后又遇上了经济萧条。为了生存，我找了份为犯罪团伙保管账本的工作。"

戈德里洛克编了一个很长的故事讲述了一战结束后亨利在法国勉强度日，后来搞大了一个淳朴女孩的肚子，不得不娶了她，等好不容易熬过了大萧条，却在一起车祸中失去了妻子和孩子。镇上许多正直善良的居民都非常痛恨那个犯罪团伙，所以跟亨利也势不两立。

"然后，纳粹来了，我很清楚就凭我一个人是斗不过他们的。反抗组织做事毫无章法，一个个都是没脑子的蠢货。我只好屈从，纳粹让我干什么我就唯命是从，否则小命不保。镇上的每个人都恨我，只有一个人从来不会看不起我。"

"谁？"熊贝比问。

"那个小女孩，伊莉斯的女儿莫妮卡。"

"你为什么觉得莫妮卡跟别人不一样？"熊贝比问。

"她每天清晨都会给我带一束花，就放在我家门口。"戈德里洛克依然闭着眼，她几乎能看见小莫妮卡每天早晨悄悄地来到亨利的门口，放下一大捧玫瑰花。"她还会对我笑，没有人对我笑过，我想她的妈妈伊莉斯一定是个非常善良的女人，所以才会有一个这么懂事的女儿。"

"你会不会做伤害莫妮卡的事？"熊贝比问，"会不会把她交给纳粹？"

"我……宁可死也不会那么做。"戈德里洛克战栗着睁开了眼睛。她发现自己哭了。在刚才的几分钟里，她觉得自己真的就是亨利。这种感觉实在难以理解，因为亨利是个大反派，她以为她很恨他。然而现在，她发现心底对他生出了一丝怜悯，在厌恶的同时又抱有一份同情。她知道这说不通，可这就是她最真实的感受。

熊贝比看了看表。"快到中午了，在午饭前大家有没有什么想说的？"

小猪先生不以为然地哼了一声。"我觉得你把你的反派给毁了，戈德里洛克，他现在变成了一个蠢头蠢脑、多愁善感的家伙。不过，你大可不必把我的话放在心上。你马上就要和大灰狼共进午餐了，他肯定会当面嘲笑你，然后告诉你亨利是小说史上最失败的反派。"

午餐铃响了。

学员们都站起来匆匆离开教室。

戈德里洛克闭着眼睛坐在椅子里，想等人走光了之后问问熊贝比的意见。

可当她睁开眼睛时，教室里只剩下她一个人了。

现在，她不得不面对大灰狼，跟他说说那个蠢头蠢脑、多愁善感的大反派了。今天肯定是她这辈子最倒霉、最灰暗的一天。

第九章

第二次灾难性事件和道德前提

戈德里洛克往餐厅走去，她希望能在那里找一个没人的角落避开大灰狼，安安静静吃她的午饭。

可当她刚走到餐厅门口，肩上就被人重重地拍了一下。

"谁啊！"她吃痛呼地转过身。

只见大灰狼正朝着她笑。"金发美女，我可一直在等你哦。走吧，一起吃午饭，我快要饿死了。"

"午、午饭？"戈德里洛克很想告诉大灰狼她其实就想在这里的餐厅填饱肚子，她可不想跟着一个杀人犯到处乱跑。可是这些话又实在说不出口。

"去芭比烤肉店，"大灰狼说，"你没忘吧？我已经订好了位子，十五分钟内如果不到就会被取消，所以我们得抓紧了。"

"好、好吧。"她顺从地跟着大灰狼穿过拥挤的餐厅，走出大堂，经过咖啡店，来到停车场，径直朝着大灰狼的车走去。她害怕得想吐，可最后还是硬着头皮钻进车里。这是一辆加长林肯，车身黝黑锃亮，配有真皮内饰和强劲的空调装置。

大灰狼把手机递给她帮他导航。

戈德里洛克觉得背脊上爬满了冷汗。她竟然真的上了车，跟着一个素不相识的陌生人、一个被定了罪的杀人犯离开了研讨会。这可是一头谈笑风生间把吃人挂在嘴边的狼啊！

可为什么还是上了他的车呢？就因为他是名头响亮的出版代理？因为她不好意思出尔反尔？因为她脸皮薄，想说"不"却张不了口？她为什么就不能强硬一点、坚决一点呢？

戈德里洛克小心翼翼地把手伸进皮包，摸到了那瓶胡椒喷雾剂。几周前她刚受过防狼培训，要是他敢图谋不轨，她就马上朝他的眼睛狂喷，然后大声呼救。

大灰狼一边开车一边抱怨说刚才有个编辑在课间休息时给他打电话，没完没了地控诉某个作家违反了敬业限制条款，其实他不过就是在为两家出版社写稿，同时搞了点副业赚些外快而已。他越说越生气，破口大骂有些编辑除了能当盘中餐供他享用三小时外别无是处，戈德里洛克看到他露出了尖利森冷的大牙。

戈德里洛克越来越害怕，她越来越觉得小猪说的没错，大灰狼粗暴、蛮狠，而且危险系数相当高。待会儿他问及小说人物的塑造问题时，她该不该如实相告亨利已经变成了一个窝囊废呢？

或者她应该让亨利变回到之前平面化、脸谱化的形象？

不，不能变回去。熊贝比是对的，抓住人心的反派必须是立体的，她已经将亨利变成了一个有着自己爱恨情仇的人，怎么能再把他变回一个呆板干瘪的符号呢？

那她是否可以避重就轻，就拣他喜欢听的讲呢？

不，也不行。要是他已经把她当成客户，事后却发现她在骗他，大灰狼肯定会暴跳如雷的。

他不会喜欢她的反派，而她必须告诉他真实情况。这是她人生中第一次为了坚持自己的想法挺身而出。她喜欢反派身上的改变，要是大灰狼不喜欢，那只能说明他不适合当她的出版代理人。

"就是这？"戈德里洛克指着一家门面气派的烤肉店问，"你不是说那地方小得就像墙上的一个洞吗？"

大灰狼咧嘴一笑，露出一排大牙。"我是不想让你失望才故意那么说的，这家店的口碑很好，所以我想应该不会差到哪里去。今天午餐我请客，反正可以报销。"

戈德里洛克也不知道说什么好，只好含糊地说了声"谢谢"。不过她知道这匹狼很快就会后悔的，因为他马上会发现自己看错了人。

✳

五分钟后，他们已经坐在了饭店里。大灰狼点了猪肋排。"不要熟

的，能有多生就多生。"他对服务员说。

"我要全熟的。"戈德里洛克说。

服务员离开后大灰狼仔细端详着戈德里洛克的脸。"熊贝比给我发了短信，说午饭前的那堂课上你们一起研究了小说里的人物塑造。"

戈德里洛克心如擂鼓。"我不知道从哪儿说起。"

"就从女主角开始吧。"

"关于伊莉斯没有说太多——"

"很好，谈伊莉斯确实没多大意思，你大概已经花了十年时间构思女主人公了。我猜她肯定很像你，你对她了如指掌。"

戈德里洛克点点头，说："我们花了些时间讨论了一下男主人公，德克·斯蒂尔。"

大灰狼颔首道："他最怕什么？"

"他什么也不怕。"

"每个人都有害怕的东西。"

"那你怕什么？"

他好像被问住了，眼中闪过一抹惊慌。他很快甩了甩了头，随即抛给她一个充满狼性的坏笑。"问得好，不过我们还是专心谈你的小说吧。我想知道你的德克惧怕什么。"

戈德里洛克想了几分钟，编了一个故事。德克小时候被老鼠咬过，所以长大后他很怕老鼠。

大灰狼没发表意见。

戈德里洛克觉得他好像挺失望的，不过要读懂一匹狼的表情要比读懂一个人的表情难多了。

她发现大灰狼的餐桌礼仪竟然出乎意料地好。起先，她还以为他会像条饿狗似地狼吞虎咽，嘴里发出难听的咀嚼声，可是没想到他吃起东西来就像波士顿的上流阶层一样从容优雅。"你有没有什么理想？"他问。

"我只是……想成为一个畅销书作家，我希望人们知道我的名字。"

大灰狼点着头。"听上去像电影《名扬四海》里的主题歌。"

戈德里洛克的脸噌地红了。"我想我是在痴人说梦。"

"不，不，没有的事，"大灰狼说，"能促使大部分人奋斗的无外乎就是权力、金钱、性、名声。就我个人而言，名声就是动力，十年后，我希望所有听到我名字的人都会说一句：'他是世界上最好的文学出版代理人。'"

"你一定可以的，"戈德里洛克说，"我想不出有什么事可以让你停下脚步。"

有那么一刻大灰狼的脸上露出了十分哀戚的神色，看得戈德里洛克只想哭。"怎么，难道不是这样吗？"她问。

他决绝地摇摇头。"我们离题了。好了，说说你的反派，那个叫亨利的家伙，他为什么会做那些事？"

戈德里洛克觉得头脑发胀，大灰狼肯定不会喜欢现在的亨利。她暗暗跟自己说他不喜欢是他的问题，然后开始描述亨利惨淡的童年，在学校里遭受的欺辱，讲他在一战时没能成为一名为国而战的士兵时的痛苦，讲他的妻儿以及他们死去后他的空虚与孤独，讲他成为纳粹走狗后村民见他就躲时感受到的羞辱。还有他多爱伊莉斯的女儿莫妮卡，因为只有这个小女孩把他当人看。

她说话的时候全程盯着自己面前的食物，她害怕撞上大灰狼的目光。

说完后四周一片死寂。

戈德里洛克抬起头看着大灰狼。

他紧绷着脸。

"是不是有什么问题？"戈德里洛克觉得自己快要喘不上气来了。小猪说对了，大灰狼不喜欢这样的反派。

"这么一改动，故事的走向就完全变了，"大灰狼说，"我想你应该明白这一点，对吧？"

戈德里洛克的心脏都快要跳出喉咙口了。"你要是不喜欢我所作的改动，我只能说我很抱歉，我浪费了你的时间，但是我的心告诉我这么改是对的，应该朝这个方向走下去，我不打算……"她深深地吸了一口气，"我不打算变回去。"

大灰狼眯起了眼睛。

戈德里洛克仿佛看到了世界末日。"在你投否决票前能不能听一下我的解释？熊贝比让我设身处地地为亨利想一下，所以我就问自己，每天早上他看着镜子里的人时怎么就不想朝自己的脑袋开上一枪，而后我忽然懂了，即便是世上最十恶不赦的人，在他们自己的故事里依然会把自己视为英雄。一旦明白了这一点，我就发现亨利不仅仅只是我们眼中所看到的那个恶棍。熊贝比是对的，错的是我。所以，请不要让我改变想法。这顿饭，我会……自己买单的。"

大颗大颗的泪珠从大灰狼的眼中滚落下来。

戈德里洛克震惊得无以复加，她的头脑一片空白，忘记了运转。

"我非常喜欢你对亨利的改动，"他伸出爪子，用爪背胡乱抹着眼睛，"你肯定没法想象成为故事里的反派、被全世界憎恨是一种什么样的感觉。"

戈德里洛克完全可以想象。熊老爹不知道他故事里的那个女孩姓甚名谁，实在是她的幸运。她把手放在大灰狼的爪子上，轻轻地拍了拍。"我……我不太清楚到底发生了什么，"戈德里洛克说，"不过你是不是曾经被控……谋杀？"

"双重谋杀，"大灰狼说，"好多年前的事了。我没有做过，我想告诉所有人我没杀人，可是没有人相信我。我叔叔是一个臭名昭著的杀人犯，你肯定听说过小红帽的外婆吧？"

"哦，天哪！"戈德里洛克是听着小红帽和大灰狼的故事长大的，她当然知道故事里大灰狼吃了小红帽的外婆。戈德里洛克浑身冰凉，她不知道该说什么才好。

"十年前，我被控杀死了两只小猪，"大灰狼说，"可是事发时我正躺在家里的床上睡大觉。也不知道那天是怎么回事，一倒头就睡了整

整一天，这一点非常奇怪，完全不符合我平时的作息习惯。可是我没法证明，犯罪现场留有狼的踪迹，爪印的形状、大小跟我的完全匹配。就是因为这一间接证据我被判罪名成立，关进了监狱。"

戈德里洛克隐约听说过这起案子，当时她正在上大学，两只小猪被一匹凶残的狼杀害，这样的事情似乎离当时的她很遥远，而且微不足道。

大灰狼看着她，大大的眼睛里盛满了悲伤。

戈德里洛克好想哭。"时至今日你还是逃不开这件事对你的影响。"

他无奈地摇摇头。"是的。我是被人陷害的，可是我来自那样一个家庭，叔叔前科累累，恶名远播，更要命的是我俩的名字完全一样。陪审团先入为主，都觉得我有罪，法庭指定的辩护律师就是个饭桶，而我又没有不在场证明。一点机会也没有。"

戈德里洛克却相信他是清白的。她说不出理由，但她知道他是被人诬陷的。

"熊贝比认为我是改过自新、重新做人了，"大灰狼说，"可他错了，我没有杀过人，我不是杀人犯。"

"我相信你，"戈德里洛克说，"虽然你谈吐粗鲁，还老爱说些让人心里发毛的话，但是我觉得你只是装装样子罢了，你是一匹很好心、很绅士的狼。"

大灰狼露出尖牙低吼道："不许告诉其他人，否则那些狗屁编辑就不会再怕我了。"

戈德里洛克哈哈大笑起来。

"好了，让我们回到你的小说里，"大灰狼说，"你已经完全改变了你的反派形象，这么做肯定会带来一些后果。"

"小猪说我已经毁了我的故事。"戈德里洛克说。

大灰狼鼻孔朝天哼了一声。"狗屁！这个家伙脑袋被门挤了，不用理他，他对小说一无所知。这么改动后小说比之前好多了，不过现在你得重新考虑很多东西。"

"这么说……你对我的小说依然感兴趣？"戈德里洛克有点不敢相信，"可刚才跟你说起改动亨利这个角色时，你板着面孔，一脸气呼呼的样子。"

大灰狼咧嘴一笑，往戈德里洛克那儿探过身子。"希望刚才没有吓到你，我是想看看你的立场够不够坚定，我希望我看中的作者能坚持自己的想法，用最真实的情感面对自己的故事。"

"当真？"戈德里洛克瞪着他，"我还以为……以为你喜欢……那种……很厉害的反派。"

"哦，没错，确实像你说的那样，"大灰狼说，"而且亨利会变得比我想象中的更厉害。但是你昨天谈到他的时候，他只是一个平面化的、一点不出彩的下流胚，让人感觉他就是为了变坏而变坏。"

"可是你昨天什么也没说。"

"这就是我约你吃午饭的原因，想在饭桌上和你好好谈谈我看到的问题。不过现在看来你的故事已经上了正轨。来，再跟我说说亨利的

价值观，他最看重什么？"

"他的生命，还有荣誉。世上没有什么比这两样东西更重要。"

"你是说荣誉？"大灰狼说，"那我们得聊聊这个话题。荣誉是我们狼族非常看重的东西，对一匹狼来说，若为荣誉死，一切皆可抛。这是我们族群卓越的文化价值观，人类就不像我们那么看重荣誉。"

"如果你读过《教父》，你就会明白有些人同样视荣誉为生命。"戈德里洛克说。

大灰狼脸上闪过一丝讶异。"你读过《教父》？"

"它……是我最喜欢的小说之一，"戈德里洛克的脸红了一下，"我想是那本书让我学坏了。"

"那也是我最喜欢的书之一！"大灰狼往前探着身子打量戈德里洛克，"快跟我说说，你为什么喜欢《教父》？"

"马里奥·普佐太不可思议了，他创造了一个非常有说服力的角色，他坏到了骨子里，却自认为很善良，从某种意义上讲，他确实是个好人，他不计回报帮助穷困的寡妇，如果自己人受到伤害，他必定替他们出头，以牙还牙，他庇护帮派里的年轻人，让他们免服兵役，不必去战场送死。为了获得人们的尊重和敬仰，他可以付出一切。荣誉是他积累财富、建立帝国的基石，如果没有荣誉，他什么也不是。"

"所以当他大儿子的无耻行径败露时，故事开始急转直下，"大灰狼说，"那你的亨利会如何推动故事往前发展呢？"

"'耻辱'二字伴随了他的一生，无论是童年，进了学堂还是参军后，他都一直活在耻辱中。一战结束后他为了谋生不得不为犯罪团伙打工，村里人只要看到他就冲他吐口水。等到纳粹占领法国，他因为怕死又当起了敌人的走狗，可是纳粹也看不起他，因为叛徒得不到任何人的尊重。他胆小、懦弱，所以一辈子都被人戳脊梁骨，他心有不甘。"

"所以他的野心是什么？"

"他渴望获得尊重，做一个堂堂正正的人。"

"很好，这就是抽象的野心，"大灰狼说，"那么接下来你怎么把野心变成具体的目标呢？要怎么做才能使自己变成一个堂堂正正的人呢？"

"他迫切地想干一件大事，一件轰轰烈烈、惊天动地的事，一件可以让他将功赎罪、洗刷耻辱的事。"

"这些描述都是抽象的，当了一辈子老鼠的亨利现在究竟要做什么？"

戈德里洛克的心怦怦直跳。"他可以炸了军火库，要是德克和伊莉斯失败了，他可以顶上。"

"哇哦！"大灰狼说，"你不是在第一幕结束时就已经让他一命归西了吗？他怎么还会出现在故事结尾处呢？"

"是这样，我正打算告诉你，"戈德里洛克说，"第一幕结束的时候他不能死。"

"给我看看新写的一段式概括，我希望能看到三个完整、扎实、惊心动魄的灾难性事件。"

戈德里洛克拿出电脑。"其实关于亨利的结局是我现编的,还来不及写下来,我能不能边说边写?"

大灰狼点点头。"请便。"

戈德里洛克打开一段式概括文档,另存好,然后一边说一边敲起了键盘。

"伊莉斯·雷诺尔是纳粹占领区的一个法国寡妇,在诺曼底登陆的三周前,美国突击队员德克·斯蒂尔空降至她的后院,摔断了腿。伊莉斯悉心照顾了他一星期,不料却被上门来胡搅蛮缠的追求者亨利发现,亨利威胁要向纳粹告发德克,除非伊莉斯答应嫁给他。伊莉斯把女儿莫妮卡送到一处偏远的村子住几周,计划帮助德克炸毁军火库后再去接她。可是莫妮卡被纳粹兵抓住准备关进集中营,伊莉斯加入当地的抵抗组织,并且说服亨利帮她和德克一起伏击运送莫妮卡的卡车。在战斗中,德克身负重伤。德克和伊莉斯夺下卡车,躲过纳粹的追踪,在盟军发动进攻的前一天成功炸毁了军火库。"

大灰狼的嘴角露出了笑意。"我喜欢这个故事,它更丰满了。在这个版本里,你让伊莉斯参加了抵抗组织,为什么?她从前不是很害怕吗?"

"因为她意识到生活在恐惧中只会导致灾难,所以她决定勇敢面对,看看勇气是否能迎来胜利。"

"太对了!"大灰狼叫道,他从椅子上跳了起来,挥舞着爪子原地打转,"触地得分!"

其他食客纷纷抬头看向他和戈德里洛克。

这一次她决定不去在意别人的目光，虽然她不太清楚究竟发生了什么，但她多少能感觉到她突破了自我。

大灰狼终于坐了下来。"我想你已经为你的故事找到了道德前提。"

"那是什么玩意？"戈德里洛克有点不悦，"我可不想写那种虚头巴脑、歌功颂德的小说。"

"当然不是了，"大灰狼说，"可是每一部优秀的小说都有一个道德前提。在斯坦·威廉姆斯所著的《道德前提》一书中有非常详细的阐述。它的核心思想就是在故事的前半段中，主人公活在一个错误的道德前提中，由此产生了一系列后果。"

"所以伊莉斯的错误道德前提是……"

"为了自保，她不得不担惊受怕地过日子。"大灰狼说。

"可是如果一直活在恐惧里最终将走向灭亡。"

大灰狼点点头。"作为第二次灾难性事件的结局，正好也是在故事的中点，主人公的道德前提发生了根本性的转变，她下定决心勇敢地活着。"

"正是因为这一点，她迎来了最后的胜利。"

"没错，不仅仅是表面能看到的胜利，"大灰狼说，"伊莉斯也许救不回女儿，也许炸不毁军火库，她甚至会死，可重要的是她成为了内心的胜利者，善行必有善报。"

从一匹曾经被判谋杀罪的狼口中听到善行、善报之类的词，戈德

里洛克觉得有点不适应。

　　大灰狼微笑着说："太有意思了，我最喜欢做的事就是帮助一个作家发现她真正想写的故事，"他看了看表，"不过遗憾的是我们得回去继续上课了。我要声明一点，到目前为止，我非常喜欢你的故事，今天，你作出了重大的突破。"

　　"现在我有的好忙了。"戈德里洛克说。

　　在明确了如何塑造反派后，她的故事发生了翻天覆地的变化。

　　这就意味着她得重新考虑所有的事情。

　　她得好好听熊贝比的课。

　　要是他的雪花写作法如此管用，为什么她还要如此这般改动她的故事？

第 十 章

回溯的作用

戈德里洛克踩着点大步走进教室，大灰狼闲闲地跟在后面。教室里没有多少空位了，戈德里洛克在中间靠后找了个位子，大灰狼则坐在了最后一排。

熊贝比站在前头冲着大灰狼和戈德里洛克笑。"我能不能冒昧地问一下午饭吃得好吗？"

"肋排太棒了，"大灰狼说，"猪肋排，分量足，肥嫩多汁，厨师没有多烤，端上来跟生的差不多——"

"快让这家伙闭嘴！"小猪喊道，"你给我小心，大灰狼，否则你很快就会滚回监狱去！"

大灰狼露出自己的牙齿，眼里喷着怒火。"要不今晚我请你共进晚餐？如果你带些蚕豆和中国茶来——"

"你们两个，够了！"熊贝比说，"戈德里洛克，和大灰狼碰过头

后有什么收获？你似乎不太确定反派的改动有没有好处。"

"反派这么改好得很。"戈德里洛克气鼓鼓地说。

"哇塞，太好了！"大灰狼说，"我已经开始考虑有哪些编辑会喜欢她的故事了。"

熊贝比的目光从戈德里洛克身上转到了大灰狼那儿，接着又转回到戈德里洛克。"有什么问题吗，戈德里洛克？看来大灰狼对你的故事充满信心。"

"我跟你说了，我很好。"戈德里洛克双手抱胸瞪着他。

"可你看上去并不好，你好像在生气。"

戈德里洛克不敢相信他竟然如此迟钝。"你答应要教我们如何用雪花写作法写书的。"

熊贝比看着她。"我不是正在教吗？你已经学会了开头五步，而且学得非常出色。"

"优秀，"大灰狼说，"卓越，出类拔萃，万中无一！"

"一点儿也不优秀，一点儿也不出色！"戈德里洛克恨恨地说，"你要是忘了的话我再提醒一下，就在午饭前，我对亨利做了大改动，现在整个故事得重新回炉。这有什么优秀，有什么出色的？所有东西都得从头来过。"

熊贝比耸耸肩。"这可能是个问题，但这是个好问题，接下来我正好要讲回溯的作用。我们先来盘点一下，到目前为止你已经完成了雪花写作法其中的五个步骤，如果要改动第一步，也就是一句话概括大概需要多少时间？"

戈德里洛克刷地打开电脑盖。"嗯，其实，这句话好像不需要改，就保持原样……挺好的。"

熊贝比点点头。"我也这么想，不过检查一下没什么坏处，我总是建议学生时不时回过头去看一下一句话概括，看看有什么需要改进修正的地方。那么第二步一段式概括需不需要改动？既然反派身上变化很大，一段式概括肯定需要做相应的修改。多久能改好？"

"吃午饭的时候已经改好了，"大灰狼说，"你们真得好好听听，改动后比之前好太多了。我们一边聊她一边改，只用了五分钟就完成了。各位，说真的，现在这个故事能让人起一身鸡皮疙瘩。看起来小说里的恶棍终于有了自我救赎的机会。"

"自我救赎——哈！"小猪说，"一朝恶棍，终身恶棍。"

哈巴德太太伸出一根柴火棒般枯瘦的长手指，指着小猪说："你这头猪不要胡说八道！人是会变的，就连狼都会变，世上只有一样东西不会变，那就是一个空空如也的橱柜。"

熊贝比踮着脚后跟前摇后晃。"原来戈德里洛克是为了修改这一步犯愁，她花了五分钟重写了一段式概括。"他走到白板前写下大大的三个字：五分钟。

小猪先生皱了皱粉红色的长鼻子，喷出一声冷哼。"可她在第三步中给女主人公写的那堆东西都打了水漂，昨晚好几个小时的辛苦岂不是都白费了？"

戈德里洛克打开介绍主人公的文档，从头到尾看了一遍。"嗯，也不是全都得改，比如伊莉斯，只要改动人物一段式概括中的一部分内容就行了，而这部分和小说一段式概括中的内容是重合的，所以我要做的就是复制粘贴。"

"接下来是德克，"大灰狼说，"我估计他可能需要花上几天甚至几个礼拜修改。"

戈德里洛克盯着描述德克的文档，好像也只有一段式概括需要修改，在他身上所做的工作应该和伊莉斯差不多。"我想几分钟就能搞定。"

"哦，很好，那么再来看看莫妮卡，"大灰狼说，"少则几小时多则几天！"

戈德里洛克摇摇头。"不用，也只需要几分钟。需要大幅改动的是亨利的一段式概括，脱胎换骨式的改变！"

熊贝比耸耸肩。"写书的过程中或多或少都会碰到这种情况，先给我们读读你重新写好的亨利。"

戈德里洛克往下滚动页面。

亨利那部分完全空白。

她的脸噌地烧了起来。"我的天哪！"

大灰狼跑过去看电脑屏幕，然后一屁股坐下来发出惊天动地的大笑声。他笑得难以自持，不小心滑落到地板上，捂着肚子抖个不停。

戈德里洛克恨不得能钻进地板缝里去。"其实，亨利这部分我好像还没写，除了他的名字。"

熊贝比点点头。"我记得对他的塑造是比较单一的。我得提醒你，之前你不喜欢这个角色，因为他是一个卑鄙、龌龊、狡诈、邪恶——"

"别这么说亨利！"戈德里洛克大声反驳，"他有一个悲惨孤苦的童年，之所以变成这样是有原因的。"

"——为犯罪团伙干活、自私、贪婪、见利忘义、调戏妇女、长着猪脑袋的——"

"你居然把猪脑袋当成贬义词！"小猪愤愤不平地抗议道。

"——无赖，卖国通敌的恶棍，"熊贝比置若罔闻地往下说，"所以你不屑为他多费笔墨，他是个如假包换的大反派。"

戈德里洛克垂下头。"我错了，所以我想我得回头重新整理，完成第三步中关于亨利的描述。"

"是的，"熊贝比说，"大概要多花多长时间？"

"这个……谈不上多花时间，因为我压根就没开始写，"戈德里洛克说，"可是话说回来，如果你的雪花写作法管用，应该在我动笔前就让我认识到这一点，而不是要我回过头来重新写。"

"回溯本身没有问题，"熊贝比说，"事实上，回溯非常必要，所有的作家都是一边往前写一边往回看，问题是需要回溯到何种程度。"

大灰狼终于停止了大笑。他从地上爬起来回到座位上。"你想不想听一个悲伤的故事？"他自顾自说下去，"去年我有一个作者收到了编辑的稿件修订函，上面只有两个字：重写。"

"天哪，重写！"熊贝比难过地摇摇头。

"什么是修订函？"戈德里洛克问。

"小说卖出去后，你要花些时间推敲、润色，尽量把它打磨得完美无瑕，"熊贝比说，"然后你把小说寄给出版商，他们会给你指定一个编辑，他会读得非常仔细，一边读一边记录，接着他会寄给你一封修订函，告诉你哪里写得好，哪里有漏洞。信里不会告诉你如何修改，那不是他们的工作，他只负责指出主要问题，而你收到修订函之后的任务就是重新修改稿件。"

"其实作者要做的远比修改稿件复杂，"大灰狼说，"当他收到修订函后，他还得打电话给代理人，狠狠咒骂这个冷酷、苛刻、讨人嫌、吹毛求疵的编辑。他牢骚满腹、抱怨不断，捧着电话一说就是三个小时。要是作者多愁善感，他还得流上几大桶的眼泪，如果是个铁石心肠的角色，他会暗中策划，直接给编辑寄一枚炸弹。然后，他聪明睿智的代理人会帮他从负面情绪中跳出来，提醒他说他可是签了一份具有法律效力的合同，而且说不定那封修订函中有那么一两个地方不是屁话。"

"最后，作者恢复理智，开始重新写稿。"熊贝比说。

"你们到底想说什么？"戈德里洛克问，"这和回溯有什么关系？"

"修改稿件就是在回溯，"熊贝比说，"而从头到尾重写一遍就是最糟糕的回溯。"

"我只有在跟着感觉写作的作者身上看到过这种情况，"大灰狼说，

"当然了，有时候他们确实会花大量的时间和精力定下第一稿，可有时候，我的天，他们会写下一大堆你想都想不到的胡言乱语，而他们却自认为是妙笔生花。"

"关键在于，"熊贝比说，"如果你不得不回看整部书稿，那就意味着你得将之前六个月的辛苦再从头到尾尝上一遍。"

"而且出版商只给你一个月的时间，"大灰狼说，"多么酸爽！"

"你刚才说所有的作家都得回溯，"戈德里洛克说，"也就是说用大纲法和雪花法写作的作家也要这么做？"

"那是当然了，"熊贝比说，"用大纲法的作者在回溯时必须重新看他列好的大纲，如果大纲列了一百页，那他就得把那一百页纸一张一张重看一遍。这总比一上来就重写四百页原稿强，不过工作量依然很大。"

"那么……运用雪花写作法的作者也需要这么做吗？"戈德里洛克决定让熊贝比明明白白地承认这一点。

"当然需要了！"熊贝比说，"我不是一直在强调这一点吗？每个作者都得做这件事，你不可能第一稿就写得天衣无缝，完美无缺。在雪花写作法的十个步骤中，我一直建议如果有必要，每走一步都要往回看一遍自己写了什么，写得怎么样。"

"听上去好无聊！"戈德里洛克说。

"如果五分钟、十分钟就能完成，那就不无聊了，你现在正在做的事就花不了你多长时间，"大灰狼说，"而且从技术角度讲，你一开始

就没写亨利的概述，所以这压根就算不上回溯，你只是在把之前跳过的步骤补上而已。"

"好吧。"戈德里洛克的声音一下子变得非常小。

"回溯很有必要，"熊贝比说，"它能让你的故事更扎实、更丰满、更有深度。运用雪花写作法的小说家之所以喜欢这种方法，是因为他们在最初始的阶段就开始回看、审阅细小的部分，这也就意味着他们不必把这项工作积压到稿件长达四百页时才去做。毕竟，重新看一遍一页纸概括总比回看整部小说来得轻松。"

戈德里洛克打开一页小说概述看看需要做多少改动。她只写了前两段，而且她发现需要改动的其实只有第二段的最后一句话——伊莉斯杀了亨利并把尸体埋在了园子里。

"戈德里洛克，"熊贝比说，"你能不能估计一下就目前这个阶段回溯大概需要多长时间？"

戈德里洛克没吭声。

"几个小时？"大灰狼问，"几天？还是几个礼拜？"

"大概……十分钟吧。"戈德里洛克说。

熊贝比笑了。"那就好。"

"够了！"坐在戈德里洛克身边的年轻人叫了起来，"我报名参加这门课程可不是为了翻来覆去嚼同一片口香糖，我退出。"他抓起背包拖拉着步子走了出去。

熊贝比张大了嘴。"还有谁觉得课没意思准备走的？"

戈德里洛克觉得课上了一半中途退出是一种非常失礼的行为。

然而，熊贝比问完后又有五六个学生收拾好东西陆续离开了教室。

小猪举起蹄子。"这课还怎么往下上？知道那些人为什么会走吗？那是因为你讲的不是我们想听的。写小说得没完没了地往回看，谁愿意听这个？熊宝宝，你还太嫩了点，多花点心思想办法让写作变得更有趣些吧，否则还会有更多人离开的。"

熊贝比看了下表。"还有两分钟这堂课就结束了。按照日程表，待会儿会在礼堂举行研讨会的主题演讲。你们今天晚上的作业是回顾雪花写作法的前五步，凡是觉得有问题的地方一律做好修改。完成一页纸概括，然后将每个主要人物的描述扩写至半页到一页纸的篇幅。我希望你们都能变成小说里的人物，与他们融为一体，挖掘他们背后的故事，找到他们变成现在这个样子的根源。明天，我们会——"

铃响了。

半数学生立马从椅子上跳起来，三下两下理好东西急匆匆地走出门外。剩下的一半留在座位上埋头做笔记，倒是不急着离开。

戈德里洛克觉得熊贝比太可怜了，看到这么多学生对自己教的课不感兴趣，他肯定非常沮丧。她跟在熊贝比身后离开教室，走下楼。

熊贝比身子一矮拐进了洗手间。

戈德里洛克可不想被当成跟踪狂，所以只好继续朝礼堂走去。其实她并不想听主题演讲。

她走出大楼来到咖啡店。后院里好像有什么动静，那儿有许多遮

挡视线的灌木，戈德里洛克眯起眼仔细探看。

原来是大灰狼，他正坐在一处偏远的角落里喝咖啡。

而小猪先生正在他面前走来走去跟他理论着什么。

戈德里洛克听不清他说话的内容，不过她能看到小猪的脸涨成了深红色。

大灰狼看上去怒容满面。

戈德里洛克可不想蹚这趟浑水，她转身走出咖啡店，迈着小步跑进停车场，一边想着她的故事一边开车回家。

当天晚上把孩子哄上床后，她把到目前为止写好的文稿从头到尾细细查看了一遍，每一个主角的一段式概括都做了修改，然后完成了一页纸故事概括，最后她为每一位主角撰写了长达一页的背景故事和性格塑成的根由。

等她做完这些事夜已经很深了。心里有个小小的声音说，她不该在开头这个阶段花这么大力气，她完全可以之后再回过头来修改。虽然话是这么说，但她还是有种模糊的预感，前期工作做得越细致，后面就会事半功倍。

等到了明天，她想和大灰狼好好谈谈，问他有没有兴趣当自己的代理人，她知道他会是一个非常好的合作伙伴。

因为大灰狼的凶恶只是表象，他是一个用利牙面对世界，内心却十分柔软、充满善意的人。

第十一章

完成大纲

第二天早晨，戈德里洛克第一个走进教室，她希望大灰狼也早点来，这样她就可以跟他谈谈代理合作的事。若是熊贝比能早到也不错，他能帮她指点一下昨晚的作业。

然而，第二个到的却是小猪。他径直走到戈德里洛克边上的座位坐下来。"昨天的回家作业都做完了吗？"

戈德里洛克点点头，跟他聊了聊她在挖掘主角内心世界的过程中一连串出乎意料的发现。

小猪一边听，一边频频点头，一副很有洞见的模样。小猪似乎对她的小说颇感兴趣，时不时还会提上一两个问题。

戈德里洛克光顾着和小猪说话，没有注意到熊贝比走了进来。他伸出爪子拍了拍讲台。"早上好啊！我发现今天台下的人少了许多，不过留下来的都是知难而进、愿意为了写书不辞辛劳的人，我为你们感

到骄傲。"

戈德里洛克环顾了一下四周看看都有谁在。

教室里的座位只坐满了大约三分之二的样子。

这时，大灰狼一边啜着咖啡一边走了进来。他冲戈德里洛克挥挥手，又朝边上的小猪瞪了一眼，然后在后排找了个座位。

"今天，我们要讲雪花写作法的第六步，"熊贝比说，"我们会回到故事情节上。记住，我们会轮番研究情节和人物，如果现在研究情节，那么之后就会回到人物，以此类推。这么做能帮助我们确保故事在不断向前发展的同时保持平衡，不会顾此失彼。"

"我说伙计，我们这几天会不会写一份大纲？"提问的是一个坐在第二排的年轻人，他穿着一身皮衣皮裤，身后背着一弯大弓和满满一袋子箭，"我听说要是想把书卖出去就必须提交一份大纲。"

熊贝比眯起眼仔细看了看他的名牌，然后朝他粲然一笑。"是的，汉先生，今天我们就要把大家昨天写好的一页纸概括进行扩写，每一段扩写成一页，这样你们就会有一份长达四五页的内容梗概，我称之为完整大纲。"

"这个东西到底有什么用？"小猪问。

"有好几个用处，"熊贝比说，"首先，它能帮助你更好地把握故事，不断补充细节，发现情节上的问题和漏洞并及时纠正、填补，同时你也能看到主题逐步浮现，人物越来越立体，越来越有深度。"

戈德里洛克在电脑上记笔记，文档的主标题是"完整大纲的作用"，她在下面写道：1）让故事变得更完整。

"其次，"熊贝比接着说道，"当我们走到雪花法的第八步时，完整大纲能帮助你整理一张场景清单。"

戈德里洛克边听边打字：2）帮助整理场景清单。

小猪的蹄子哒哒哒地敲打着桌面。"好吧，可是这和卖书到底有什么关系？"

熊贝比指着教室后面说："既然我们这里有一位著名的代理人，那就有请他来为大家讲讲大纲的重要性。"

大灰狼站起来，长长地吸了口咖啡。"大纲干巴巴的，读起来没啥意思，编辑不喜欢读，代理人也不喜欢读，我们想看的是你写的全本故事，那才是我们的乐趣所在。但是，你不得不写，因为没有大纲，我们就不会去看你的书。别问我为什么，这就是约定俗成，没道理可讲。所以写大纲的第一准则就是：越短越好。"

戈德里洛克举手提问。"如果大纲越短越好，那为什么运用大纲法的作者会写长达一百页的大纲？"

"因为他们需要用十页、五十页或者一百页的大纲来写第一稿，"熊贝比说，"写百来页的完整大纲就是他们写作模式的一部分，正是因为他们能从中获益他们才会那么写，不过他们最终提交给代理人和编辑的并不是这份完整大纲。"

大灰狼的脸上顿时浮现出一个受惊不小的表情。"你要是寄给我这么一份裹脚布似的大纲，我肯定会一把火烧了它。我希望我收到的大

纲不要少于两页，最长不要超过四页，就这样。"

熊贝比接口道："所以完整大纲的第三个用处就是为最终提交给代理人和编辑的大纲打底稿。"

戈德里洛克敲着键盘：3）为寄给代理人的大纲打草稿。

小猪清了清喉咙，说："你是在告诉我们之所以花这么大力气在完整大纲上，就是为了……让我们花更大的力气干更多的活？"听上去语气不善。

"我是在告诉你们完整大纲是非常有用的一步，它能让你了解你的故事，"熊贝比说，"而且，在你给代理人写策划书时完整大纲也是非常关键的一个环节。"

"时间就是金钱，"小猪说，"这种繁琐的工作对于闲得没事的人来说当然没什么问题，可是——"

"你们要是不觉得写大纲有失身份或自掉身价，"熊贝比直接打断他，"那么今晚的回家作业就是为小说写一份完整大纲，并不复杂，只要对之前写好的一页概括进行扩写就可以了，而且你们会发现这份大纲不需要你们冥思苦想，很快就能水到渠成。"

"我说，戈德里洛克，"小猪说，"我一直在观察你，你是一块当小说家的料，非常有天赋。你愿不愿意以一头伟人猪的真实经历为蓝本，帮我写一部精彩绝伦的小说？"

戈德里洛克简直哭笑不得，她想自己是不是应该表现出受宠若惊的样子，一路尖叫欢呼着跑出教室。

"她志不在此。"大灰狼说。

小猪的脑袋呼地转过去。"谁问你了？我在跟戈德里洛克说话，她爬格子很有一套——"

"你想说的其实就是她是那种善于处理**繁琐**之事的小人物呗，"大灰狼冷冷地看着小猪，"戈德里洛克是个有才华的作家，比起给一个愚蠢的自大狂写一本薄得可怜、还硬充是小说的自传，有更重要、更有意义的事等着她去做。"

小猪噌地站起来。"你又比我好到哪里去？你只不过把她当成了实现自己野心的一枚小卒子，她不停地写啊写，而你想的不就是利用她来赚代理费吗？可如果她的小说卖不出怎么办？"

"肯定卖得出去，"大灰狼说，"我可以拍胸脯保证，倒是你的书，我就不敢说了，最好的归宿估计是《国家询问报》[①]。"

"《国家询问报》？"小猪尖声叫道，"除非我死！"

大灰狼笑得非常恶毒。"说不定真能排上，小猪崽。"

"你们俩都给我停下！"戈德里洛克叫道，她指着大灰狼说："你这么说就不对了，你得跟小猪先生道歉。"

"对不起。"大灰狼看上去一点诚意都没有。

"你也一样，"戈德里洛克看着小猪说，"你总是无所不用其极地贬低、冒犯我，就算我想跟人合作写书，也肯定不会跟你结对，这事没得商量！"

---

①《国家询问报》是美国一家专揭名人隐私的八卦杂志，销售量为每年500万份。——译者注

小猪的脸上接连闪过一连串五花八门的表情，震惊、生气、屈辱、强忍怒火。"好吧，我给过你机会了，现在我要走了，如果在座的有人想要抓住这个千载难逢的良机和一头高标准、严要求，但同时又非常善解人意的猪合作，并且获得一份相当优厚的报酬，接下去的一个小时我会在楼下的咖啡店等你。"

他大步流星地走出了教室，地板上留下了一串黑黢黢的小蹄印。

屋子里窸窸窣窣骚动了一小会儿。

"好了，"熊贝比说，"世上的人无奇不有，小猪就是他们中的一个。你们都明白回家作业要做什么了吧？"

大家纷纷点头。

熊贝比直视着大灰狼说："你对他有点太刻薄了，你真的应该……让过去成为过去。"

大灰狼的眼里喷着怒火。"他在证人席上撒谎，说我威胁了他那两个兄弟。这句谎言剥夺了我整整六年的自由。熊贝比，等你被人冤枉关进了监狱然后放出来，到那时我们再来谈让过去成为过去，在这之前，就别再说这样的话了。"

戈德里洛克想把整件事搞明白。大灰狼之所以被判有罪……难道全都是因为小猪的证词？而他被控谋杀的难道是小猪的兄弟们？

"好吧，不管怎样，"熊贝比说，"我们已经讲完了完整大纲这部分，现在要开始讨论人物宝典了。这是雪花写作法的第七步，我们还剩下三步没有讲，得抓紧时间了，因为明天下午研讨会就结束了。"

"伙计，我们能不能休息一下？"第二排的年轻人说。

熊贝比抬手看了看表。"好吧，先休息五分钟，不过不要跑远了，后面要讲的内容还蛮多的。"

戈德里洛克一直想等课间休息时和大灰狼聊聊代理人的事，可是看到刚才大灰狼冲小猪发火的那一幕她有点犹豫了。她可不想给自己找一个难以相处的代理人，而现在看来大灰狼确实有他不近人情的一面。

第十二章

人物宝典

　　趁着课间休息，戈德里洛克快步走到楼下的茶水间拿了根香蕉，给自己倒了一杯茶。她看到那个背弓扛箭的年轻人也在那里。"你写的是哪类小说？"她问。

　　他自信满满地笑了笑，说："一本故事集，讲一群快乐的绿林好汉，他们射杀野鹿，喝麦芽酒，亲吻漂亮婆娘，躲避地方官员的追捕。"

　　"祝你好运，"戈德里洛克看了看他的名牌，"罗宾，你的故事听上去太酷了。"

　　他谦逊地耸耸肩。"你的故事也很棒，像一部史诗。我希望熊贝比能再让你上主讲席，每次你上台示范，我都能学到好多东西。"他垂下眼帘，迅速地瞥了一眼她的胸部，一抹肉麻的微笑浮现在脸上。"而且你看上去像是个喜欢耍乐的婆娘，你要是愿意跟我去林子——"

　　"哦哟！"戈德里洛克指了指自己的表，"时间到了，我们得回

去了。"

他们走进教室时大灰狼正蜷着身子躺在教室后的一角轻轻地扯着鼾。

五分钟一过，熊贝比立刻伸出爪子在讲台上敲了敲。"雪花写作法的第七步是为你的每个角色撰写一份人物宝典。你们完全可以按照自己喜欢的方式方法来，比如有些作者喜欢在网上找一些和心目中的主角气质相近的照片，如果这么做能帮助小说人物可视化，那就去搜照片。不过一定要记住一点，你们必须对小说里的人物抱有足够的好奇心，你们必须迫切地想要了解、洞悉他们，这样才能变成他们，和他们融为一体。"

熊贝比把纸发下去，上面印有一长串问题。

罗宾拿到纸后看了一眼，不以为然地笑了一声。"我为什么一定要知道主角的眼睛是什么颜色的？"

戈德里洛克不敢相信他居然认为这一点无关紧要。"眼睛的颜色很重要！一个人眼睛的颜色可以透露很多信息。"

罗宾大声笑了起来。"那你看看我的眼睛，它能告诉你什么？"

她仔细打量了一会儿。"你双眼发红，眼白布满了小血点，我打赌你灌了一肚子麦芽酒，成天跟不正经的女人厮混。"

"是婆娘，"他说，"不是什么不正经的女人。"

戈德里洛克皱了皱鼻子。"还不都一样。"

熊贝比清了清喉咙。"你们还漏了非常重要的一点。许多小说在第一页明明写着女主人公长着一双蓝眼睛，到了第九十九页却莫名其妙地变成了绿眼睛。所以，人物宝典众多作用中的一个就是把跟每一个角色相关的所有信息全部归拢在一个地方，这样你就不会犯类似眼睛变色的低级错误了。"

"谁会这么没脑子？"戈德里洛克问。

"这种错误随时都可能发生。"熊贝比说。

"真搞不懂为什么会有人记不住这种事。"

"某天下午三点你必须把书的终稿提交给编辑，你最后一次通读校样以确保没有任何问题，这时你会非常感谢你的人物宝典，这里集中记录了你所需要查找校验的所有信息，比如你的乡村邮局局长是哪一年出生的。"

戈德里洛克皱起眉头。"你有没有碰到过这种前后不一致的问题？"

"每次写书都会碰到，"熊贝比说，"能在一分钟里找到问题肯定比花上十分钟要强。"

"你在给我列的问题清单里没有问女主人公涂什么颜色的指甲油。"戈德里洛克说。

"上帝啊！"哈巴德太太叫道，"谁买得起啊？"

罗宾窃笑道："更重要的是，谁会涂指甲油？这问题实在太肤浅了。"

"指甲油很重要！"戈德里洛克说，"它能显露一个人的个性。"

罗宾带着嘲弄的口吻说："那你要是告诉我一个人喝什么牌子的

麦芽酒，我也能告诉你他究竟是个好人，还是诺丁汉治安官的狗腿子。酒的牌子很关键。"

"是谁刚才口口声声说这样的问题很'肤浅'的？"

熊贝比举起爪子。"各位，请安静！你们看一下自己拿到的问题清单，有些你们会觉得有用，有些则不然。如果有的问题完全用不到小说人物身上，那就跳过去不用管它，如果清单上没有列出的问题能帮助你们更深入地了解人物，那就加进去。"

"巨大的工程。"罗宾说。

"确实有很多工作要做，"熊贝比说，"每个主要人物的宝典我一般都要花上整整一天的时间，但这个时间花得很值得。我提议我们还是把戈德里洛克请上台，多问她一些关于小说人物的问题。"

班级里又骚动起来，大家都很想听。

戈德里洛克走上台，在主讲席坐下，她知道过程可能并不容易，但是肯定会有收获。

熊贝比盯着戈德里洛克看了一会儿。"小说里有部分情节发生在伊莉斯的家，描述一下她的家。"

她瞪着他。"可是……所有的房子不都差不多吗？"

"好，那就先说说你家是什么样子的。"熊贝比说。

戈德里洛克皱了皱眉。"还不是和大家的一样，有三个漂亮的卧室，整块地大概有六七百平方米的样子。外墙涂着灰泥，屋顶铺着瓦片，房子连着一个能停两辆车的车库，窗户是三格窗——"

"这哪是家呀，简直就是一座监狱，"罗宾说，"戈德里洛克，你怎么尽学王公贵族那套做派呢！"

"罗宾，说说你的家。"熊贝比说。

他耸了耸肩。"我家就在舍伍德森林的一个山洞里，和一帮气味相投的兄弟们住在一起。我们在治安官的地界偷猎野鹿，烤鹿肉的时候从来不用担心烟会从窗子里飘进来，因为山洞压根就没有窗户。所有的东西都是纯天然的，没有任何人工雕琢的痕迹。我们就是一群如假包换的梭罗①，真是太酷了！"

"你家橱柜也是空的吗？"哈巴德太太说，"我家橱柜什么也没有，我想你家的肯定不同凡响。"

罗宾摇摇头。"我们没有橱柜，不过我们永远生着火，炊烟不断。你要是想找乐子，就来我们这儿，别忘了多带几个婆娘过来。"

哈巴德太太脸红了，她咯咯咯地笑了起来。"说不定我真会来的，小伙子。我会把我的孙女玛丽安也带上，我觉得她跟你很般配，"她看着熊贝比说："小熊仔，你的家长啥样？"

熊贝比没接话。

"我敢肯定那是一栋乡村小茅屋，就在林子里，屋里有张木头桌子，上面摆着三碗麦片粥。桌旁有三把木头椅子，楼上有三张床——一张太硬，一张太软，另一张刚刚好。"

---

① 亨利·戴维·梭罗（Henry David Thoreau, 1817—1862年）：美国作家、哲学家，超验主义代表人物，也是一位废奴主义及自然主义者，有无政府主义倾向，代表作有《瓦尔登湖》《论公民的不服从义务》等。——译者注

熊贝比不可思议地看着戈德里洛克，问："你是怎么知道的？"

戈德里洛克双颊发烫。"啊？真给我说中了？我只是，你知道的，随便猜猜的。"

"你的想象力……可真丰富，"他欲言又止，很快甩了甩头说，"我希望你把你的想象力用在女主人公伊莉斯身上。她的家是什么样的？"

戈德里洛克很高兴话题又重新回到了伊莉斯身上。"好吧，她家当然得有三个卧室，两个卫生间，楼上有一个安静舒适的书房可供伊莉斯写小说。厨房在一楼，大理石的台面，中间有个巨大的料理烹饪台。"

哈巴德太太大笑起来。"我说亲爱的，你生活在哪个星球啊？要知道二十世纪四十年代的地球人可住不上那样的房子啊。"

"是……吗？"戈德里洛克说，"好吧，那么就小一点，两间卧室，一个卫生间总行了吧。"

哈巴德太太还是摇头。"亲爱的，你得去查一下资料，你的女主人公生活在1944年的法国小村庄，你确定那会儿家里会有卫生间吗？那客厅呢？客厅里有什么？"

"客厅？"戈德里洛克说，"他们可以有客厅为什么就不能有卫生间？"

"哦，我的小可怜，看来你有不少功课要做呢，"哈巴德太太说，"你得找些那个时代、那个地方、那类房子的老照片来看看，还得了解我小时候人们都干些啥。"

这时，教室门开了，一个摄影师走了进来。他很年轻，看上去有点愣头愣脑的，他胸前挂着一个昂贵的大相机，镜头正对着熊贝比。"研讨会主办方要几张你上课的照片，麻烦站到学生旁边去，摆个样子，就像你正在给他们讲课。"

熊贝比别别扭扭地走到戈德里洛克身边，即便她坐着，他还是比她矮。

"茄子。"戈德里洛克说。

"麦片粥。"熊贝比说。

摄影师啪啪啪一连拍了好几张照，接着他又围着他俩一边转圈一边拍，每个角度都不落下。

他走后熊贝比挠着头说："我们说到哪儿了？啊，对了，说到你得做些调查，看看1944年法国的乡村房舍大概是个什么样子。"

"可是……为什么非得调查呢？"戈德里洛克说，"我就不能自己编吗？反正这也是虚构小说。"

"别忘了车库里还有喷气式汽车。"罗宾说。

戈德里洛克瞪着他。"哪个傻子会把喷气式汽车停在车库里？再说了，谁家会有那玩意？还没有发明出来好不好！"

"就是。"哈巴德太太说。

熊贝比插进来说："罗宾和哈巴德太太说得很对，1944年的房子和现在的完全不同，戈德里洛克不可能现编，她需要做很多调查工作，这很关键，因为在伊莉斯的房间里发生了不少事，知道里面的布局才

好决定那里能发生什么事。"

戈德里洛克慢慢明白过来。"哦，如果我要在厨房安排打斗场面，而房间里又没有一个岛型料理台的话，我就不能让两个人绕着料理台追打，或是把对方按在上面打。"

"没错。"

"哦，天哪！那得需要多大的工作量啊！"戈德里洛克说。

"我们还没开始呢，"熊贝比说，"不过我们可以把大灰狼叫上来帮着一块儿想你的……"

熊贝比停下来。他扫视了一下教室，脸上露出了惊讶的神情。

戈德里洛克站起来看向教室后面的角落，之前她看到大灰狼蜷着身子在那里睡觉。

可是，大灰狼不见了。

难怪教室里一直那么安静。

这时，从远处传来尖锐的鸣笛声，音调一起一伏、周而复始，而且越来越响。

戈德里洛克的心怦怦直跳。

那是救护车的声音。

第 十 三 章

第三次灾难性事件

"大家不要离开座位，"熊贝比说，"我去看看发生了什么事。"他急匆匆地奔出教室。

门一开，救护车的呼啸声一下子扑了进来。

熊贝比冲到走廊，在身后甩上门。

教室里交头接耳，议论纷纷。

戈德里洛克有点发懵，脑袋似乎停止了运转。

这时，有人拍了拍她的肩膀，原来是哈巴德太太。"亲爱的，你能不能帮我向可爱的大灰狼捎句话？问问他愿不愿意看看我的稿子。"

戈德里洛克不知道怎么回答。"你们有谁看到大灰狼出去了？"

"我们都在看你，"罗宾说，"戈德里洛克，你这个婆娘真是太有才了。"

远处似乎又响起了警笛声，它以极快的速度呼啸而来。

戈德里洛克觉得她都快要吐了。

突然，门一下子被人推开，只见熊贝比踉跄着走了进来。"有一个坏消息，咖啡店里发生了一起……谋杀案。小猪死了，熊老爹抓住了凶手。"

"谁是凶手？"罗宾说，"我敢打包票是大灰狼，对吗？"

熊贝比的眼泪夺眶而出。"我……不敢相信，我以为他已经改过自新了。"

戈德里洛克大口喘着粗气。"哦，我的天！"她浑身僵硬，不能动弹。这不是真的！她了解大灰狼，他是一匹善良的狼，虽然他有时会冒出一两句吓人的狼话，可那不过是在开玩笑罢了。

哈巴德太太低声抽泣着。"小猪挺好的。"

话音刚落，所有人都从椅子上跳了起来，齐刷刷地涌向门口。

戈德里洛克也跟着一起冲了出去。

"等一等！"熊贝比叫道，"警方等会儿需要你们录证词。"

可是没有人听他的。

有人在戈德里洛克身后推搡着。

她脚下一绊，摔了一跤。

一双有力的爪子抓住她，把她拉到一边，避开了人群的踩踏。

没过一会儿，教室里就只剩下戈德里洛克和熊贝比了。

"谢谢你救了我。"戈德里洛克说。

这时，虚掩着的门被一把推开，熊妈咪摇摇晃晃地走进来。"哦，这太可怕了！我不相信这是真的。熊贝比，我一早就跟你说过不该把那匹恐怖的狼带进你的课堂，且不说他有前科，就看看他那个家吧！现在可好，出了这么大的事！"她攥紧爪子哭了起来。

熊贝比摇着头，一脸迷茫。"我不明白这一切是怎么发生的，刚才他明明就在教室里打瞌睡，他肯定是在我和戈德里洛克讨论的时候偷偷溜出去的。"

"太可怕，真的太可怕了！"熊妈咪大声抽着鼻子，举起爪背揩了把鼻涕，"警察正在盘问大灰狼，要是他们知道是你邀请他来参加研讨会的，那我们就完蛋了。"

戈德里洛克忍不住发起抖来。"你真的认为……是他杀了小猪？"

熊贝比把电脑塞进背包。"熊老爹从来不做没把握的事，如果他抓住了大灰狼，那么……小猪肯定就是大灰狼杀的。"

"可你是怎么想的？"戈德里洛克问，"你真觉得那是他干的？"

"我……我不知道，"熊贝比说，"他是匹举止得体的狼，可再怎么说他毕竟是一匹狼。几年前他因为杀了小猪的两个兄弟被判入狱，而且熊老爹说抓住他的时候，大灰狼手上沾满了鲜血。铁证如山啊！"

"证据，去他的证据，"戈德里洛克说，"我现在是在问你，你是怎么想的？在你心里你当真认为他就是凶手吗？"

熊贝比垮着脸。"也许吧，"他的声音小得听不见，"我不想承认，可是我觉得是他干的，重蹈覆辙。"

戈德里洛克举着手不停地扇着风。如果连熊贝比都认为是大灰狼

干的，那么……她就不得不面对现实了。大灰狼杀了人。

主办方负责人走了进来，她个子不高，身材壮实，满头银发梳得纹丝不乱，看上去一副不苟言笑的样子。"所有人都得接受警察问询，他们想知道你们什么时候看见了什么。"

小熊母子和戈德里洛克一起走出教室，沿着瓷砖铺成的走廊走到大门口。几辆警车横七竖八地停在咖啡店附近的人行道边，车顶上的红蓝警灯闪个不停。咖啡店的前门以及整个后院都被黄色的警用标带围了起来。

戈德里洛克靠上前去想看看到底发生了什么。

那里已经聚集了好多看热闹的人，他们探头探脑，交头接耳。

熊老爹身旁围着好几个警察，只听他拔高嗓门叫道："我已经说了六遍了，我进去买好咖啡，穿过边门走进后院，然后就看到小猪躺在水泥地上，被人刺死了。到处都是血，尸体边留有狼爪印。我马上跑到会议中心，发现大灰狼正在卫生间洗爪子。"

两个五大三粗的警察带着大灰狼从咖啡店里走出来。他铐着手铐，身后跟着两名警察，他们手里都拿着枪。

大灰狼的眼睛又红又肿，可能是惊吓过度，他看上去面无表情，神情呆滞。

戈德里洛克心想他可能哭过了。

"大家请散开，没什么好看的。"其中一名警察一边叫一边在前面开路，他走到一辆警车旁边，打开后门。

大灰狼脚底发虚，茫然无措地跟在后面。

一名警察将手按在大灰狼的脑袋上，把他塞进车里，两名警察一左一右分坐在他的两边。另外两个坐在前头。

警笛声响起，车子在人群中慢慢挪动。

"他……我觉得不是他干的，"戈德里洛克说，"你看到他的脸了吗？"

"看到了！"熊老爹吼道，"如果狼的脸上真写着犯了罪的表情，我刚才就看到了一个！"

熊妈咪也加入进来，因为抽泣她整个人都在颤抖。"这真的是太可怕了，太可怕了！我们的儿子认识他！我们完蛋了。"

熊贝比皱起眉头。"我们完蛋了？这叫什么话！要完蛋，也是大灰狼完蛋。太可惜了，他出来后没日没夜埋头苦干，一路奋斗，好不容易有了自己的客户群，现在可好，又要被关进去了。这次要是被判有罪，他就别想再出来了。"

"可是……我们怎么就能肯定是他杀了小猪呢？"戈德里洛克说。

三只熊齐齐瞪着她。

戈德里洛克知道这个问题很蠢，可是她必须把自己心里想的说出来。"如果他是清白的呢？"她问道。

熊老爹摇摇头。"戈德里洛克小姐，你太年轻了，阅历也浅，这世上如果有什么事是板上钉钉的话，那就是大灰狼杀了小猪。"

"你要是没邀请这个恐怖分子参加研讨会就好了！"熊妈咪摇着爪子对熊贝比嚷嚷。

"可我怎么知道他会杀了小猪呢！"熊贝比也生气了，"我以为他已经改邪归正了。"

"儿子，别忘了他是一匹狼，"熊老爹说，"江山易改，本性难移，如果你是个坏蛋，那一辈子就是坏蛋，这一点没有任何事能改变。"

说这话的时候，他的眼睛一直死死地盯着戈德里洛克。

戈德里洛克被他看得心里发虚，整个人都快要原地爆炸了。

"你看上去很眼熟，"熊妈咪说，"我之前有没有见过你？"

现在，戈德里洛克觉得整个人从头到脚都快烧起来了。"我……前两天参加过你的工作坊——关于有机写作的。"

"哈，"熊老爹也一脸疑惑地看着她，"我发誓我也见过你，不过是在很久以前。"

戈德里洛克真想赶紧逃开找个地方躲起来，可是她逃了一辈子，躲了一辈子，已经厌倦了。"我……我必须向你们承认一件事。很多年之前，我……走进一片林子，走啊走，来到一栋小木屋，当时我饿极了，于是在屋里吃了点东西，然后不当心摔坏了一把椅子，接着躺在其中的一张床上睡着了。"

"是你！"熊老爹叫了起来，"你这个小偷！"

"我……我想弥补我的过错，"戈德里洛克说，"我会赔偿我弄坏的东西。"

"我要让警察把你抓起来。"熊老爹转来转去，朝着还留在现场的警察使劲挥动爪子。

没人理睬他。

戈德里洛克像是被人浇了一大桶冰水，浑身冰凉。

"好了，孩子他爸，"熊妈咪走上前，结结实实给了戈德里洛克一个标准的熊抱，"那会儿她还是个孩子呢，而且你看她为此内疚了这么多年。当然了，如果她想要赔偿我们，那也是理所应当的。"

"也许她有一个凄惨的童年，"熊贝比说，"或许她迷路了，饿极了，害怕熊。她之所以这么做，背后肯定有很多原因。"

"哈！她本来应该进监狱的。"熊老爹朝戈德里洛克怒吼道。

"我对我所犯的错感到非常抱歉，"戈德里洛克说，"我一定会赔偿的。"

"那……是当然要赔偿了，当时修理家具的收据我都还留着呢，"熊老爹说，"就放在办公室的文件夹里，你弄坏的东西有一张专门的明细表，金额是税后的，这一点你应该懂。"

"我……真的很抱歉。"戈德里洛克说。

"没事，亲爱的，"熊妈咪重重地拍着她的后背，"你要是知道熊贝比小时候干的那些恶作剧——"

熊贝比清了清喉咙。"戈德里洛克，如果你真觉得大灰狼是无辜的，我建议你可以去探监，看看有没有什么我们不知道的事，因为从现在的情况看，也只有你相信他是清白的。"

她点点头："好的，我正想这样。不好意思，下午的课我得请假了。"

"下午没课，"熊妈咪说，"我已经跟负责人谈过了，下午所有的课

全部取消，警察要和每个人谈话，尤其是你，熊贝比。"

熊老爹眉头紧锁，从一开始就没有松开过。"儿子，你应该知道他来自什么样的家庭，谋杀是他的基因，已融入了他的血脉，不管你是谁都没法改变这一点。"

戈德里洛克不信这话，她知道人是可以改变的，狼也可以。

她要去找大灰狼，了解背后的故事。

✳

当天下午，戈德里洛克去当地监狱探视大灰狼。

在被允许进入探视室之前，一个面目可憎的女警非常粗鲁地给她搜了身，以确保她没有携带武器。

戈德里洛克坐在一把塑料椅上等了很久，椅子硬邦邦的，很不舒服。一张廉价的塑料贴面桌子抵着左右相对的两面墙，桌子中央有一整面玻璃直接伸到天花板，把探视室隔成了两半。屋子里空荡荡的，弥漫着一股脏袜子的臭味和霉味。戈德里洛克等了一刻钟，门终于打开了。

大灰狼拖着步子走进来，他盯着地面，戴着手铐和脚镣，身上穿着橘黄色的囚服，面容憔悴。他一屁股坐进椅子里，直到这时才抬头看了眼访客。"是你啊！"他又垂下头，"我很抱歉，你一定认为我是个无可救药的人了吧。"

戈德里洛克很想拥抱他。"我认为你很善良，很正直，一定是哪里搞错了，我不相信小猪是你杀的。"

大灰狼扬了扬眉毛。"你不相信？"

"当然不信，你不会干这种事的，你不是那样的狼。"

"我没有不在场证明，你为什么认为我是无辜的？"

"因为你是个好人，"戈德里洛克说，"你关心人，帮助他们写小说，你说要吃小猪，那只不过是在开玩笑，只是玩笑而已！告诉我究竟发生了什么。"

"我当时正在睡觉，做了个噩梦，"大灰狼说，"梦里有只小猪对我恶语相向，哈巴德太太一个劲地抱怨她的橱柜里什么也没有，穿着罗宾·汉衣服的傻子正在调戏几个姑娘。然后我就醒了，想上厕所。要知道，早上我喝了一大杯拿铁，所以……嗯……"

"我懂，我懂。"戈德里洛克的脸红了。

"我看到熊贝比把你叫到主讲席讨论着什么，所以就从后门溜出去上了趟厕所。就在我洗手的时候熊老爹冲了进来，一看到我就开始大喊大叫，接着一把抓住我，一个过肩摔，把我摔在地板上，骑在我身上拨打了911。再后来警察来了，他们把我带到咖啡店的后院去看可怜的小猪，他躺在角落里，是被人用刀刺死的，地上都是血，然后他们就开始冲我叫。"

大灰狼的脸上爬满了泪水。"他们问我知不知道小猪发生了什么，又问我知不知道凶手是谁，我很清楚他们是想在正式逮捕我、宣读米

兰达权利①前让我自己认罪。可是我什么也没干，为什么要承认！所以他们把我带到这里，审了我两个小时。"

"太可怕了。"戈德里洛克说。

"我溜出去的时候教室里有没有人看见？"大灰狼问，"熊老爹就是在那一两分钟后抓住我的。"

戈德里洛克摇摇头。"我没看见，熊贝比也没看见，当时所有人大概都在看着我和熊贝比，不过我回去再帮你问问，确认一下有没有人看见你离开教室。"

"所有的证据都对我不利，虽然都是间接证据，但我没有不在场证明，而且还有前科，我没有机会了，没人相信我，就算律师也不会相信我。"

"我相信你，"戈德里洛克站起来，尽可能地靠向玻璃隔板，"肯定有办法证明你是无辜的，我一定会找出来。"

"你真的愿意这么做？"大灰狼说，"这会让你背上骂名，人们会想你为什么会站在我这一边，他们会对你指指点点，甚至会调查你的过去，而且——"

"我不在乎别人怎么看我！"戈德里洛克说，"我要做我认为对的事，如果人们误解，那是他们的问题。"

大灰狼一动不动地看着她，眼里闪过一丝敬佩之情。"你……变了，戈德里洛克，真不敢相信几天前你还是一个任由别人的想法左右自己

---

① 米兰达权利（Miranda Rights）：美国刑事诉讼中，犯罪嫌疑人保持沉默的权利。——编者注

生活的人。"

"你最好相信这是真的，而帮助我改变的那个人就是你。当你朝熊贝比开枪的时候，我就下定决心没有任何事可以阻止我成为一名作家。当小猪对我说你肯定会否定我的想法时，我意识到我必须站出来为自己发声，哪怕代价是我可能会错过一个知名的代理人。"

大灰狼开始掰着手指头数数。"已经有两个灾难性事件了，现在又有了第三个——我被控谋杀——而你决定奋不顾身为我洗脱罪名。眼下这一刻你是什么感觉？"

"害怕，"戈德里洛克说，"兴奋，觉得自己很傻，但是我已经准备好全力以赴投入这场战斗，而且一定要赢。"

"记住这种感觉，"大灰狼说，"牢牢地铭刻心中，这就是伊莉斯在她去救莫妮卡、德克身负重伤、面临第三次灾难性事件时的真实感受，她可以选择逃跑，但是她还是决定帮助德克炸毁弹药库，为战争的胜利尽一份绵薄之力。她义无反顾地冲向结局，那个结局或喜或悲，或是两者兼而有之。"

戈德里洛克颤抖着说："伊莉斯的故事跟我的很像，是不是？"

"这就是写小说的意义，"大灰狼说，"故事教会你如何做正确的事，融入那些作出正确选择的人物的内心，成为他们，当你感同身受之后，你也会作出正确的选择。"

这时，一个看守出现在门口，指了指戈德里洛克说："时间到了。"

她站起来，朝门口走去。她转过身给了大灰狼一个飞吻。"放心，

我不会让你失望的。"

　　他勉强挤出了一个微笑。"不管成败与否，你已经赢了。"

　　看守把戈德里洛克拉出门，铁门在她身后砰地关上了。

　　在门阖上的一刹那，她还是看到了大灰狼脸上痛苦的神情。他为她感到骄傲，因为她想救他，可同时他也认定所有努力都是枉然。

　　大灰狼已经绝望了。

第十四章

场景清单

那天晚上，等孩子们上床后戈德里洛克一个人想了很久。有没有什么办法能证明大灰狼没有杀小猪呢？

她打开一个新文档开始敲起字来。

首先，她给大灰狼写了一张人物描述。她已经知道他的目标是要成为世界上最著名的文学出版代理人，由此她可以推断他的抱负是成为文学界举足轻重的人物。至于他最看重的东西，戈德里洛克虽然不是很确定，但她多少能猜出几分。

没有什么比活下去更重要。

没有什么比荣誉更重要。

没有什么比帮助他人更重要。

以上没有任何一条能和杀死小猪沾上边。

但是这些都不是证据，它们不过是小说家天马行空的脑袋里萌生

151

的感性判断。这是熊妈咪的一贯路线。

熊老爹看事情更加理性，如果换作他，一定会将大灰狼的人生经历列成大纲。

戈德里洛克开始把大灰狼身上发生的事情简略地记录下来。

在他成长过程中得知叔叔吃掉了小红帽的外婆；遭人陷害，涉嫌谋杀；因为小猪提供虚假证词被判入狱；面对牢房里的暴徒凶犯，终日生活在恐惧中；为了生存，变得越来越强硬；刑满释放，混迹街头；决心成为一名文学出版代理人；参加作家研讨会，成为熊贝比的助教；在咖啡店和小猪发生争执。

戈德里洛克摇摇头。所有这些概述只和行为有关，并没有深入大灰狼的内心，而且事件之间的跨度太大，缺乏内在联系。

她头痛欲裂。已经很晚了，她忽然想起来她还没有做回家作业，虽然这一刻她很想把所有事情抛诸脑后，爬上床美美地睡上一觉，可是想成为小说家的渴望又硬生生地把她留在了书桌旁。她想完成小说，她想让大灰狼当她的代理人。

她知道这个想法很傻，所有人都已经认定他是凶手，可她内心深处的信念却丝毫没有动摇——大灰狼有一颗柔软、善良的心。比如今天探监的时候，他担心她名誉受损更胜于担心他自己。

虽然已经精疲力竭，可她还是打开了文档，把一页纸概述扩写成了满满四页。然后，她飞快地敲击键盘，为每个主要角色整理出一份人物宝典。

等她做完作业，已经是凌晨三点了，她迷迷糊糊、一步三晃地走到床边，一倒下便睡死了过去。

＊

早晨来得实在太快。戈德里洛克匆匆忙忙吃了几口饭，把孩子送去学校，然后赶去会议中心。等她冲进教室时已经迟到了五分钟。

熊贝比瞪了她一眼。"好了，终于都到齐了，我们开始上课。不过在此之前，还是要先跟大家通报一下昨天发生的事。我做了一个错误的决定邀请大灰狼来当我的助教，我以为他已经洗心革面，不过现在看来是我判断有误。小猪被杀我有着不可推卸的责任，我也不知道该如何面对这件事情。"

"你们不知道真相！"戈德里洛克说，"大灰狼说不是他干的。"

"好了，伙计，他当然不会承认了，"罗宾·汉说，"他肯定会说不是他干的，但我们都知道他之前杀过猪。"

"那是被人陷害的，这一次也同样如此。"戈德里洛克毫不松口。

"是吗？听上去好像也说得通。"罗宾·汉冷嘲热讽道。

"我觉得你和你的那帮兄弟应该懂的，"戈德里洛克说，"难道你们就没有被诺丁汉的治安官们冤枉过？"

罗宾·汉张口结舌。"怎么没有！他们跟国王就是一丘之貉，无时无刻不在冤枉、迫害我们老百姓。"

"好，那么如果国王正在迫害大灰狼呢？难道这种事情不可能发生吗？"

罗宾·汉看着她。"我想……也许有可能吧，国王就是用这种手段——压迫民众的。如果小猪暗地里和国王串通在一起，那我们就中了他们的计。"

熊贝比开始在教室里踱步。"小猪是个有钱的商人，他和他两个兄弟多年前开始打拼，兄弟俩被人谋害后公司就由小猪接管了。他没有孩子，不过在纽约有个侄子，他已经到这儿了，坚决要求判大灰狼死刑。"

"难道一个目击证人也没有吗？"戈德里洛克问，"咖啡店里没有监控摄像头吗？"

熊贝比摇摇头。"咖啡店后院确实装着一个，可是出了故障什么也没拍到。会议中心没有摄像头，也没有任何目击证人。"

"大灰狼说他离开教室后大概只过了一两分钟熊老爹就在洗手间找到了他，"戈德里洛克说，"他没有作案时间。小猪死的时候熊老爹在咖啡店，要是大灰狼是凶手，那么熊老爹应该能在案发现场看到他。"

罗宾·汉从箭筒里抽出一支箭，摩挲着箭头说："我们没有证据证明大灰狼是什么时候离开的，有人看见吗？"

大家都在摇头。

"他有前科，这对他很不利，"哈巴德太太说，"要我说的话，歪脖子树永远长不直。"

熊贝比盯着戈德里洛克看了好久。"我……认为并不是所有人都会这么想。但目前的现实是就算没有确凿的证据，陪审团还是会因为大灰狼就是大灰狼而判他有罪。好了，虽然我知道大家都很关心这件事，不过我们还是回到正题，先上课吧。来，有谁做好了回家作业？"

哈巴德太太举起手。"我给我的主人公写了长长的人物宝典，她是一个穷得叮当响但非常正直的寡妇，我细致入微地描述了她家的橱柜。"

"让我来猜一猜，"罗宾·汉说，"那里面……是不是什么也没有？"

"你太聪明了！"哈巴德太太一脸钦佩地说。

"开了个好头，"熊贝比说，"那有没有给其他角色写人物宝典呢？"

"其他角色？"哈巴德太太说，"我的小说里只有一个角色，整个故事就讲她和她的空橱柜。"

"那你有没有完成四页纸的大纲呢？"熊贝比又问。

哈巴德太太长长地叹了口气。"小伙子，你的问题可真多。我的大纲撑死了也就一页纸多几行，你想想，一个空橱柜哪有那么多可写的。"

"那你的篇幅可能就够不上一本小说了，顶多算一个短篇吧，"熊贝比说，"有没有谁完成了书中所有角色的人物宝典以及四页长的大纲？"

戈德里洛克举起手，然后左右看了看谁和她一样完成了作业。

只有她一个。

哈巴德太太不可思议地看着她。

而罗宾·汉打量她的眼神中却流露出无限的倾慕之情，他的目光从她的脸庞滑落到她的全身，她修长的腿，接着又自下而上重新看一遍。他朝她挤眉弄眼，不停地微笑。

熊贝比皱起了眉头。"这就是为什么到最后只有寥寥几个作家写成了小说。你们要做到自觉、自律。写作是一个非常艰苦的过程，如果你们受不了这份罪，那还是趁早改行吧。显然，你们中间只有一个人做了应该做好的事情，她看上去非常疲惫，我本来应该让她休息一下的，可是时间不允许。戈德里洛克，坐到这儿来。"

戈德里洛克上台的时候步子都有些迈不稳，早上起来头发也来不及好好弄，今天的妆容肯定也是糟透了。熊贝比一定觉得她不够专业。

"让我们来看看你的作业。"熊贝比指了指她的电脑。

戈德里洛克把电脑放到桌上。"两个文档都已经打开了。"

熊贝比迅速浏览了一遍她的人物宝典和大纲。"嗯，做得不错，大纲第三页稍显薄弱，第二幕的后半部分需要修改，结尾有点过于仓促。"

"我很抱歉，"戈德里洛克平静地说，"我一直在思考怎么才能帮到大灰狼，后半夜才开始做功课，我一直写到三点，我知道肯定很糟糕，可是——"

"这些都是后半夜写的？"熊贝比说，"那……"

班级里响起了一片惊呼声。

"太了不起了，"后排一个眉毛打钉的女孩说，"戈德里洛克，你就是写作界的摇滚明星。"

"戈德里洛克有着非常端正的工作态度，"熊贝比说，"这也是我认为她很有可能成功的原因。熬夜干到这么晚，完成的质量已经非常高了，虽然有几处需要修改，可是因为今天是研讨会的最后一天，所以我们必须抓紧时间赶进度。好了，现在让我们一起进入雪花写作法的第八步，我们需要为她的小说列一张场景清单。"

戈德里洛克的头又开始隐隐作痛了。还有活要干？没开玩笑？她揉了揉又酸又痛的脖后根，转动了一下僵硬的肩膀。

"你还好吗，戈德里洛克？"熊贝比问。

"我只是……觉得大灰狼很可怜，"戈德里洛克说，"而且头有点痛，肩膀也发酸发胀，不知道在正式开始写作前还有多少准备工作等着我去做。"

熊贝比满是同情地看了她一眼。"我明白，你很累了，而且你想快点开始写作，可是如果你今天开始动笔，你清楚第一幕里要安排哪些内容吗？"

"不清楚，"戈德里洛克泄气地说道，"这就是我一直跨不过去的那道坎，写下第一个词后我就不知道该怎么继续了，我太无能了。"她觉得自己简直无可救药，恨不得收拾完东西立刻回家。

"你是个非常优秀的作家，"熊贝比说，"你需要的只是一些指导，接下去就知道该做什么了。我们现在就来谈谈怎么写开头。小说

一开始，你的男主人公德克就掉在了伊莉斯的菜园里并且摔断了腿，对吗？"

"可我要不要先交代一下德克接受了何种训练从而成为一名突击队员的？"戈德里洛克说，"伊莉斯是怎么变成一个寡妇的？还有亨利在成长过程中是如何渴望得到他人尊重的？"

"你说的这些我们叫做背景故事，"熊贝比说，"你之所以需要掌握这些重要信息是因为你必须了解小说里的人物，可是你的读者并不需要知道。你首先要做的是让你的目标读者群喜欢上故事的主要内容，接下来他们就会对背后的故事产生强烈的好奇，而故事的主要部分就是从德克遇见伊莉斯开始的。"

"没错，既然伊莉斯是女主人公，第一幕以她开始应该可以吧？"

"可以，"熊贝比说，"你准备怎么写呢？"

"她，嗯，把她女儿抱上床，然后坐到煤油灯旁静静地织着毛衣，织了一会儿她也上床休息了，凌晨三点左右她被屋外的声响惊醒，走出去一看，发现了德克。"

熊贝比环视了一下教室。"听上去有点意思，是不是？这个夜晚和寡妇伊莉斯一生中度过的任何一个夜晚一样，万籁俱寂。你们有没有产生继续往下读的兴趣？"

大家都盯着自己的手，没人说话。

熊贝比转向戈德里洛克。"换成莫妮卡试试？以她开头怎么样？"

戈德里洛克想了想，忍不住笑了。"可是……莫妮卡在上床前就只知道玩她的洋娃娃，接着睡了一整夜，等到早上醒来的时候看到德克在屋子里。这有什么意思？"

"也就是说不能以她开头，对吗？"熊贝比说，"那么亨利呢？在德克掉到菜园里的那个晚上，亨利在做什么？"

戈德里洛克这才意识到她压根就没考虑过亨利。但现在她知道她必须想一想这种可能性，因为他是书里非常重要的角色。"那晚他去了伊莉斯家，莫妮卡缠着他一起玩洋娃娃。等她入睡后，亨利坐到双人沙发上聊起了战争，伊莉斯坐在煤油灯边的摇椅上织毛衣，他央求她坐到他身边，可她却以那里光线太暗为借口拒绝了。夜深了，他无奈地回到自己家，心里一直在揣测伊莉斯是不是真的喜欢他。"

熊贝比耸了耸毛茸茸的肩膀。"好像还不能让读者紧张到喘不上气来。"

戈德里洛克觉得肚子里结着一团又冷又硬的东西。她的小说似乎一直很有趣，可是到了策划第一幕时，它却突然变得乏善可陈了。

"说说看德克是如何度过那一晚的？"熊贝比启发道。

戈德里洛克想了一会儿。"那是一个阴雨绵绵、寒冷彻骨的夜晚。浓稠的夜色中，德克和其他突击队员整装待发。起飞后，为了躲避敌军的防空火力，飞机飞得又高又快，可是在快要到达预定跳伞地点时突然遭到一架德国战斗机的追击。美国飞行员立即驾着飞机一路俯冲，想要摆脱敌机的纠缠，然而不幸被击中机翼，引擎着火。所有突击队员跑到舱口准备跳伞，指导员把德克先推了出去，就在他跳落的半秒钟后，飞机在他头顶上空爆炸了。月光之下，飞机的残骸、战友的尸身纷纷掉落。很快，德克便落入了浓密的云层中。为了不被地面的探照灯扫到，他一直等到钻出云层、离地面大概只有一千米的临界高度才拽开伞索，降落伞一下子又将他拉回高空。之后他看到自己正在冲向一排篱笆，下降的速度太快，他没法控制降落伞落在开阔地带。由于光线昏暗，加上对着陆地点判断有误，导致他落地时摔折了右脚脚踝，随后他倒在地上失去了知觉。"

教室里静得出奇。

戈德里洛克讲述的时候一直盯着自己的手看，金色的指甲油已经变得斑驳了。说完后她抬头看着熊贝比。

他在微笑。

她又看向全班。

他们都在注视着她。

"太精彩了！"熊贝比说，"现在你有了一个让人喘不上气来的开头了！一开始就带着非常明确的目标，过程中危机四伏，结束时男主角受挫。"

"接下来我要怎么做？"戈德里洛克问。

"打开表格文档，第一栏拉宽，然后把第一幕发生的事打进去。"熊贝比说。

戈德里洛克依言打开表格开始奋笔疾书。"地方不够，我装不进所有的细节。"

"你能不能用一句话概括一下第一幕？"熊贝比说。

"当然可以。德克和队员所乘的飞机在跳伞地点附近被击中，德克掉在伊莉斯的菜园里摔伤了腿。"

"这句话能不能让你想起刚才说的所有内容？"熊贝比问。

"我想它肯定会唤起我的记忆，"戈德里洛克说，"那一幕太难忘了。"

"那么打入这一句话就够了，"熊贝比说，"你的回家作业就是在这张电子表格里为你书中的每一幕写上一行字。你可以参考雪花写作法第六步中你写好的完整大纲。关注一下短时间内，比如几分钟或几小时内发生的事情。记住，只要写每一幕中发生的主要事件。"

"又是一大堆活要干，"哈巴德太太说，"为什么不直接开始写呢？"

"如果你想直接开始写也不是不可以，"熊贝比说，"但是如果你不知道从何入手，那么列好场景清单能帮你理清思绪，明确方向。"

戈德里洛克愁眉苦脸地看着电脑屏幕。

"有什么问题吗？"熊贝比问。

"没……没有，我只是非常、非常讨厌电子表格，"戈德里洛克说，"它们总是让我想起以前的工作，简直不堪回首。为什么不能写在Word文档或文本文档里呢？"

"好问题！"熊贝比说，"理由是你可能需要添加更多栏。每一幕都有一个视点角色，也就是你通过他的视角来描述这个场景，所以你需要有专门的一栏用来注明这一幕中视点角色是谁。"

戈德里洛克在表格中插入一栏，在这一栏的第一行里键入"德克"。

"还会添加其他栏吗？"

"那就看你自己了，"熊贝比说，"也许你需要一栏来明确每一幕的篇幅，大概需要多少字，短的场景五百字左右，不长不短的需要一千字，长的话需要两三千字。"

"这些数字有什么用？"戈德里洛克问。

"你可以把这些数字加起来预估一下整本书的篇幅。"

戈德里洛克不可置信地瞪着熊贝比。"什么？我最讨厌做这种事。如果其中一幕的数字发生了变化，我岂不是还要重新再算一遍？"

熊贝比叹口气。"电子表格的众多功能之一就是自动计算。你只要给它下命令，那么当其中一个数据发生变化，表格就会重新计算，这样的话你就能随时掌握小说篇幅的变化情况了。"

"这也……太神奇了吧！"戈德里洛克说，"熊贝比，你是个天才。"

熊贝比有点不好意思地看着地板。"电子表格的好用之处就在于你可以随时插入行或列帮助你规划场景写作，掌握写作流程。它也能告诉你这一幕你写了多少字，如果你的故事错综复杂，每一个时间点都至关重要，比如涉及一起银行抢劫案或一起谋杀案，那你就需要专门一栏以记录时间线。"

"什么是时间线？"哈巴德太太插进来问。

"就是每个场景发生的确切时间，如果时间点非常重要，而且你想确保每个时间点都真实可信、合乎逻辑，那就需要另设一栏，记录时间线。悬疑小说家通常都会这么做以确保所有的时间点不出错。"

戈德里洛克的心开始狂跳，她忽地从主讲席上跳起来，抓起皮包跑出了教室。

"回来，戈德里洛克！"熊贝比在她身后叫道。

可是戈德里洛克头也不回地跑了。

熊贝比的话让她灵光一现。

也许有办法证明大灰狼说的究竟是不是真话。

第十五章

目标、冲突、挫折

戈德里洛克沿着走廊狂奔，一边手忙脚乱地翻找课程表。她迅速浏览当天的课程，很快便找到了她想找的——熊老爹现在正在102B室教授童话故事。

她上气不接下气地冲进教室，因为跑得太急，脸上热得发烫。

熊老爹又惊又怒地瞪着她。"戈德里洛克小姐，你这么闯进来算怎么一回事——"

"你的手机！"她说，"你昨天打电话报警的时候手机上有没有时间记录？"

"当然有，可是——"

"拜托，请给我看一下！"她说，"我想它可以证明大灰狼是无罪的。"

熊老爹摇摇头。"怎么可能？我亲手逮住了他，当时他正在洗手——没准就是为了清洗血迹。"

"洗手池里有没有血？"

熊老爹想了一会儿，说："没有……"

"那么他身上呢？"

熊老爹停了好一会儿。"也没有……"

"你就让我看一下你到底是什么时候报的警，好不好？"

熊老爹叹了口。"你可真够固执的，"他无可奈何地掏出手机匆匆翻看了一下屏幕。"在这儿，电话是9:43打的，可我看不出这能帮到你什么忙。"

"它给了我时间线，"戈德里洛克说，"如果你是在小猪被杀前打的电话……"

熊老爹没有反应，只是看着她。

戈德里洛克突然意识到这个说法不成立。熊老爹是先发现小猪被杀，然后再抓住大灰狼的，所以谋杀案案发的时间线派不上用场。她甩甩头。"对不起，我太傻了，我只想着……"

熊老爹班上的一个女孩子和身边的中年女人窃窃私语，她们一会儿看着戈德里洛克，一会儿互相瞥一眼，偷偷发笑。

戈德里洛克觉得太尴尬了，可是光顾着尴尬也帮不了大灰狼。她没有放弃。"麻烦你想一想在咖啡店发现小猪倒地死亡时的确切时间。"

熊老爹两条毛刷般的眉毛几乎打了一个结，最后他还是勉为其难地打开了钱包。"我跟你说，没用。不过我在发现小猪前倒是先买了一杯咖啡，收据就收在钱包里，你知道，这是可以报销的，让我找找……喏，就在这。"

戈德里洛克仔细查看收据。"你是在9:35买的咖啡，8分钟后你在洗手间找到了大灰狼，买好咖啡后你做了什么？"

熊老爹耸耸肩。"我直接穿过边门走到后院，然后看到小猪躺在血泊里，于是，我马上跑进咖啡店，让咖啡师快点叫救护车，接着又跑回小猪身边看看他有没有生命迹象。他已经死了，身边留着几个沾着泥土的脚印，一看就知道是狼爪。我立即穿过那道树篱拱门，四处张望，看看有没有凶手的踪迹。停车场里不见人影，我又回到后院，问自己，要是我杀了人，满手是血，我会怎么做。"

"你有没有发现其他脚印之类的印记？"戈德里洛克问。

熊老爹摇摇头。"小猪的尸体边有一处小泥潭，那里只有小猪自己的蹄印。可是我有一种直觉，所以我马上赶到会议中心的主楼，查看卫生间。大灰狼就在那儿，而且正在洗他的爪子，我见状立马抓住了他，然后报了警。"

"所以说，这一切都发生在8分钟里，"戈德里洛克说，"而小猪在9:35，也就是你买咖啡的时候就已经死了。"

"对，不会有错，"熊老爹说，"我拿上咖啡直接去了后院，小猪已经躺在那里了。"

戈德里洛克点点头。虽然光有这些还不够，但已经能说明一部分事实了。

熊老爹看了看表。

戈德里洛克明白他的意思，于是说了声"谢谢"退出教室回到走廊里。她满心沮丧，当熊贝比提到时间线时她觉得这肯定能帮大灰狼洗刷罪名，可是当她理清时间线后，却又茫然无绪了。

"你没事吧？"罗宾·汉在底楼的大厅叫道。

戈德里洛克摇摇头。她不知道接下去该怎么办，她已经对大灰狼夸下海口说一定会帮他，可是到目前为止，除了出洋相她什么也没做。

"要不要喝杯咖啡？我请客，"她走近时罗宾·汉提议，"我说你这个婆娘实在太不可思议了，而且——"

"让我一个人待会儿！"戈德里洛克叫道，"别再叫我婆娘了，现在没人这么称呼一位女士，这种叫法非常粗鲁，而且含有歧视的意味。"

罗宾·汉看上去一脸震惊。"真的吗？我很抱歉——"

"不要说抱歉，拜托你快点长大吧。"戈德里洛克加快脚步，径直从他面前走过。她大步穿过走廊，经过礼堂，接着又把熊贝比的教室抛在了身后。

走廊的尽头贴着标签，上面写着"主办方负责人办公室"。

戈德里洛克不知道能从她那里获得什么信息，不过值得一试。她打开门走了进去。

办公室里空无一人。屋子很小，贴墙摆放着三张铅灰色的铁制办工桌，桌上的几台电脑都开着，主机发出低微的震颤声。

在第三张桌子上放着一台看上去非常高档的照相机。

戈德里洛克的心猛跳了两下。

她拿起照相机研究起来。

这时，隔壁办公室忽然传来些许动静，而两间办公室之间只隔着一道门。

戈德里洛克来不及多想就把照相机塞进皮包跑了出去。

走廊里空荡荡的，她听到身后的办公室里确实有声音。

戈德里洛克拼命跑。

她跑过长长的走廊，直接冲到屋外明媚的阳光中。

她不停地跑，一直跑到咖啡店。店里有客人，所以她猫着腰绕着桌子来到后院，挑了一个偏僻的角落，坐在了一顶遮阳伞下，然后把皮包小心翼翼地放到桌上。她四处看了看，发现她所处的位置非常隐蔽，高高的树篱像是一道屏障，帮她挡住了会议中心那边的视线。

戈德里洛克取出相机，按下电源键，开始翻看照片。

最近的几张记录下了大灰狼被警察塞进警车的瞬间，接着是熊老爹，紧跟着是熊妈咪和熊贝比注视警察的照片，还有几张是她自己的。

戈德里洛克微微皱着眉，照片里她的头发被风吹得乱七八糟的，要是把头发好好捯饬一下就好了。

"相机里有什么？"一个声音问。

戈德里洛克猛地抬起头，动作太快，脑袋都有些发晕了。

一头年轻的猪站在那里，他长得非常像小猪先生，只是身量小了一号。他身上穿着一件质地上乘的运动衫，不过没有系领结，没穿裤子，也没有其他任何装束。

"哦！"戈德里洛克问，"你是谁？"

"我是小小猪，我叔叔昨天在这里被人谋杀了，昨天早上我飞到这里来寻找答案。"

"我很难过你失去了亲人，"戈德里洛克说，"你叔叔跟我在一个班里学写作，所以我认识他，我也在寻找答案，希望能有所收获。"

小小猪扬起了眉毛。"是——吗？你发现了什么？"

戈德里洛克举了举相机。"我，嗯，从研讨会的摄影师那里借来这个，他昨天拍了些照片，所以我想……好吧，我希望能从里面发现一些线索。"

"我能和你一起找吗？"小小猪的双下巴微微颤抖着，"叔叔是我唯一的亲人，我们关系非常好。"

戈德里洛克拉开身边的椅子。"快请坐，我们一起看。"

小小猪在她身边坐下。他似乎很紧张，身体止不住地发抖。

戈德里洛克能想象他心里有多难过。她接着往后翻，有几张是警察到达现场后警车的照片。

接下去是在熊贝比教室里拍的，戈德里洛克和熊贝比看着对方，脸上全是硬挤出来的假笑。

戈德里洛克尴尬得呼吸都有些急促了，她飞快地翻着，一张，一张，又一张。

在这！

原来摄影师给全班拍过一张全景照。

照片里能清清楚楚地看到大灰狼蜷在教室远端的一个角落里呼呼大睡。

"时间是9:39！"戈德里洛克说，"能证明了！"

小小猪瞥了一眼屏幕，问："能证明什么？"

"这张照片是在熊老爹发现你叔叔被杀前4分钟拍的，"戈德里洛克解释道，"这就能证明大灰狼不是凶手，太好了，真是谢天谢地！"

小小猪跳了起来。"哦，我的天！"他伸出右前蹄按住心口，脸色惨白，面颊上沁着密密的汗珠子，"大灰狼……不是凶手？"

"对！这就是证据！"戈德里洛克说，"我们快点把这个情况告诉主办方，因为凶手依然逍遥法外，我们可能会有危险，尤其是你。"

小小猪的双下巴抖个不停，他看上去快要喘不上气了。"哦，我的天！小姐，我快要晕倒了，你能不能扶我一下？"

"我这就叫救护车。"戈德里洛克把手伸进皮包找手机。

"你敢！"说着，小小猪从前胸的口袋里掏出一管注射器直直地朝她刺过去。

第十六章

反应、困境、决定

戈德里洛克一下子跳开了，她抓起皮包像举盾牌一样挡在面前，肾上腺激素一路飙升，心脏一个劲地突突狂跳，跳得胸口都快要揪成一团了。她大口大口喘着粗气，浑身冰凉。她想跑，可是整个人就像被冰封住了似的，一点也动不了。她狂乱地寻找出路，希望能越过小小猪从树篱拱门那儿穿出去。

小小猪不断地调整位置挡住她的去路，他手里举着针管，针尖对准她朝她一步步逼近。"不疼的，小姐。"他又往前迈了一步。

戈德里洛克发现自己被逼入了后院的死角，她不断地往后退、往后退，竭力想保持呼吸畅通。她想呼救，可是喉咙里发不出一点声音。

小小猪离她越来越近。

戈德里洛克想拨打911，可是她的手已经麻了，手机从手里滑落到地上。

更近了。

戈德里洛克死死攥着皮包，她知道自己随时都可能晕过去。

又近了一步。

戈德里洛克把手伸进皮包，虽然手指笨拙得就像几根粗大的香肠，可好歹总算摸到了那瓶胡椒喷雾。

小小猪冲了过来。

戈德里洛克绝地反击，按下了喷剂。

一股胡椒粉射入了小小猪的眼睛。

他轰然倒地，举起猪蹄胡乱抹着双眼，气急败坏地嗷嗷直叫。

突然之间，戈德里洛克又能好好呼吸了，她深深地吸了口气，然后拼尽全力狂叫起来。

小小猪仍不死心，虽然视线模糊，他竟然还举着针管循声朝戈德里洛克的方向爬过去。

戈德里洛克又拼命喊了一嗓子。

罗宾·汉从树篱拱门那儿奔进来。"听上去我的婆娘好像生气了——"

"他就是凶手！"戈德里洛克指着小小猪大声叫道，"快救我！"

小小猪越爬越近，他挥着针管朝她的腿扎去。

罗宾·汉立即抽出一支箭搭在弓弦上。"给我站住，你这头猪！"他大叫道，"你要是再敢动一下，我保证今晚就把你带到森林里活烤了！"

小小猪僵住了。

戈德里洛克从小小猪身边逃开，捡起手机拨打了911。

铃响了两下，然后……

一个声音问：“您好，请问您那边发生了什么紧急情况？”

“我……请派警察过来，”戈德里洛克说，“我想我抓住了杀死小猪先生的真凶。”

第十七章

规划场景

上午在一片混乱中过去了。警察到场后马上逮捕了小小猪。戈德里洛克驱车赶到监狱，虽然耽搁了很长时间，不过警方最终还是将大灰狼无罪释放了。戈德里洛克带着他回到会议中心时正好赶上饭点，他们一走进食堂，整个会议中心立即爆发出了如雷般的掌声。

吃完午饭，他们一同去上雪花写作法的最后一课。半路上大灰狼接到一个电话。

戈德里洛克不知道对方讲了什么，不过她听到大灰狼一直在不停地说"太好了，太好了"，而且脸上的笑意越来越浓。等他们走到教室门口时，大灰狼正好结束通话。

"电话里都讲了什么？"戈德里洛克问。

大灰狼高兴得眼睛眯成了两条缝。"小小猪认罪了。只是——"

"太好了！"戈德里洛克开心地叫出了声，她忍不住伸开双臂给了

大灰狼一个大大的拥抱。

熊贝比打开门。"你们俩快进来！大灰狼，祝贺你。也祝贺你，戈德里洛克。今天上午，你显示出了无比的勇气，我们所有人都已经放弃了大灰狼，只有你一直坚信他是无罪的。"

"你真是一个无与伦比的婆娘！"罗宾·汉说。

戈德里洛克实在太高兴了，所以听到罗宾·汉又喊她"婆娘"时也没怎么动气。

大灰狼笑得嘴巴都快扯到耳后根了。"是你让我重新开始相信人类。"他说。

"我只是……有一种直觉，"戈德里洛克说，"当熊贝比说到时间线的时候，我想也许可以从这里入手找到证据。"

"可是……亲爱的，为什么你从一开始就认定大灰狼是无罪的呢？"哈巴德太太问，"要知道警察一般是不会出错的。"

"哈！"罗宾·汉说，"诺丁汉的治安官除了犯错啥也不会。"

"我只是……"戈德里洛克知道自己有点傻兮兮的，"从心里觉得大灰狼不可能是凶手。"

大灰狼不好意思地低下头。"谢谢你相信我。我刚从律师那里听说，小小猪确有杀人动机，他从小靠信托基金生活，等到成年后，便从他父亲，也就是小猪被杀的一个兄弟那里继承了所有遗产，可是他挥霍无度，那笔钱已经被他花得所剩无几了。"

"所以他想问小猪要更多钱？"熊贝比问。

大灰狼摇摇头。"一开始确实如此，所以在两个礼拜前，他打电话给小猪想谋一份只拿工资、不干活的闲差，被小猪一口拒绝了，但是小小猪在他的话里听出了破绽，于是暗地里做了点调查，然后他决定向小猪索要一些金钱都买不到的东西。"

戈德里洛克灵光一现。"既然杀小猪兄弟的人不是你，那就说明凶手另有他人，而且他俩一死，直接获益者就是小猪。小小猪肯定弄清楚了谁是凶手以及行凶的过程。"

"凶手是小猪！"罗宾·汉叫了起来。

"没错！"大灰狼说，"小猪曾担任过一家药品公司的CEO，而小小猪的针管里就装着一种药力十分强劲的镇定剂，戈德里洛克，里头的剂量大到能当场要了你的命，当然，也足够放倒一头猪，这样一来他就能制造假象，把罪名栽赃嫁祸给一匹狼。"

"这种镇定剂有没有可能让一匹狼睡上二十四小时，这样他被人诬陷谋杀的时候就找不到任何不在场证明？"戈德里洛克问。

大灰狼绽开了一个大大的笑容，整张脸都亮了。"我的律师说小小猪手里有证据，证明小猪确实对我这么干了。作为认罪辩诉协议的一部分，他准备把证据提交法庭。律师说我可以据此翻案，洗刷冤屈。这一切都是你的功劳，谢谢你，金发美女！"

熊贝比兴奋得上蹿下跳。"大灰狼，你会当戈德里洛克的代理人吧？"

大灰狼想了足有一分钟。"我当然愿意了，我们已经是朋友了，这一点很重要，因为我只和我喜欢的人一起工作。但是跟我合作的必须

是有真才实学的作家，所以在我做决定之前，我还是要先看看她打磨好的原稿。写作是一门生意，即便是朋友也不能网开一面。"

戈德里洛克开心得只想大叫。"我……我也希望你在认定我的小说是一门好生意时才做决定，因为我也不希望有一个只凭感情做事的代理人。虽然我手边还没有已经成稿的小说，但是……一定会有的。"

"你准备好开始写了吗？"熊贝比问。

"应……应该吧。"戈德里洛克多么希望自己能底气十足地回答一声"是的"，可现实却是她还没有完全准备好。对于小说的第一幕她已经有了一个比较模糊的想法，不过她并不确定那是不是一个好的开场。她觉得好像还少了些什么。

熊贝比认真地看着她。"你似乎有些犹豫，也许我们应该开始学习雪花写作法的第九步了，也就是如何设置、安排好每个场景，然后再动笔。"

戈德里洛克心里一阵激动。"什么是第九步？"

熊贝比指了指主讲席，说："最好的学习方法就是边学边做。"

戈德里洛克坐下来。

罗宾·汉掏出手机给她拍了张照，他看了看成像，然后递给她。"毫无疑问，你是一个无与伦比的婆娘，不过你最好还是先找把梳子之类的东西拾掇一下。"

戈德里洛克看着自己的照片，她的头发乱得像个鸡窝，脸上沾有泥巴的污迹，衬衫领子上还擦着一道血痕。

可她不在乎。

她把手机还给罗宾·汉。"没关系，现在重要的是你写得怎么样，而不是你看上去怎么样。熊贝比，快点教我第九步吧。"

"太酷了，"大灰狼站在边上微笑着说，"金发美女，我忽然觉得你的身体里或许流淌着我们狼族的血。"

"你会发现在动笔写每一幕之前，先制订好计划非常有用，"熊贝比说，"每一个场景都有两种标准模式。一种叫主动型场景，它以目标开始，整个场景中充满矛盾冲突，最后以挫折结束。"

大灰狼走到白板前，写下几行字：

主动型场景的构成部分：

1）目标

2）冲突

3）挫折

熊贝比继续往下说："另一种模式叫被动型场景。它先是对之前一幕结束时的挫折作出情感反应，接下来的主干部分是分析面临的困境，找到走出困局的方法，最后以决定作结。"

大灰狼接着写道：

被动型场景的构成部分：

1）反应

2）困境

3）决定

"亲爱的，我都快搞糊涂了，"哈巴德太太说，"你能不能给我们举些例子？"

熊贝比想了一会儿。"今天早上，戈德里洛克冲出了教室，她为什么这么做？"

"还用问？她想确定小猪被杀前后的时间线。"罗宾·汉说。

戈德里洛克点点头。"我的目标就是找到时间线。"

熊贝比咧嘴笑了。"这是一个有可能达成的中间目标，它像是一块垫脚石，帮助她实现一个更远大的目标——为大灰狼洗脱罪名。但是事实证明即便是中间目标也不是那么容易实现的，对吗？"

"没错，简直困难重重，"戈德里洛克，"我向熊老爹求助，可是他当时正在上课，不想被人打扰，我只好厚着脸皮缠着他直到他同意给我看手机上的电话记录，但在一开始，时间线并没有派上用场。"

"啊哈，你碰到了矛盾冲突：熊老爹不愿意配合，时间线又没有用，于是你放弃了努力，沮丧地哭了，"熊贝比问，"对吗？"

"才不是呢！"戈德里洛克急忙辩解道，"我又问熊老爹要他在咖啡店买咖啡的收据，他找到了，这是我要找的证据链的第一部分。"

"可是接下去做什么，你完全没有头绪，"熊贝比说，"这就出现了更多的矛盾冲突。所以你哭了，对吗？"

"我说伙计，你好像对哭鼻子这件事格外着迷，"罗宾·汉说，"你完全搞错了，接下去她就碰到了我，冲我大喊大叫，我耳朵都快被震聋了，然后她像个出征的战士一样雄赳赳、气昂昂地从我身边走开了。没说的，帅呆了！"

"后来发生了什么？"熊贝比问。

"我……嗯，在办公室里发现了一台照相机，可是听到另一个屋子里有声音——"

"更多的冲突。"熊贝比说。

"于是我拿了相机跑出办公室，在咖啡店的后院里躲起来。这时，小小猪出现了，我们找到了大灰狼不是凶手的证据。"

"我说伙计！"罗宾·汉冲着熊贝比自以为是地嚷嚷道，"这可不是什么挫折，虽然我不想拆你的台，可是找到证据难道不应该算是一次了不起的胜利吗？戈德里洛克明确了她想找的时间线，实现了目标。你最好还是重新想想你的那套理论是否正确。"

此时，戈德里洛克却像风中的叶子一般发起抖来。"可就在那时，小小猪掏出了针管想要杀死我。"

"挫折！"熊贝比的脸上浮出了得意的微笑。

"目标——冲突——挫折，"大灰狼在三个词旁边分别打了一个勾，

"我得给这个组合起个好名字——就叫'好得没话说'。"

"然后我出现了，英雄救美！"罗宾·汉说。

"你不要那么早插进来好不好？"熊贝比说，"在你到咖啡店之前还发生了好多事。我们正在逐步梳理一个完整的主动场景，当然，这不是故事的最终结局。戈德里洛克，接下来发生了什么？你又做了些什么？"

戈德里洛克记得当时有好几秒钟就这么愣在原地。"我……我什么也没做，我吓坏了，整个人呆若木鸡，不能动弹，既不能思考，也叫不出声来。我猜当时我一定像一个十足的傻子。"

大灰狼走到她身后，帮她捏了捏肩膀。"大多数人在面对一场突如其来的恶战时都会这样的。人们总说'要么战斗，要么逃跑'，就好像非此即彼只有两种选择似的。其实还有第三种——吓傻了。所以应该是'要么战斗，要么逃跑，要么吓傻'，你的反应很正常，没什么不好意思的，至少你没有像有些人那样傻愣到底，坐以待毙。你已经明白只有勇敢面对才有可能赢得胜利，所以在最后的紧要关头，你激发出所有的勇气放手一搏。"

"关键在于你一开始的行为并不是行为，"熊贝比说，"而是一种本能反应，也就是对前一幕留下的危险作出的情感上的反应。不管是熊和猪，还是狼和人，我们都有情感：恐惧、喜悦、焦虑、爱、愤怒，这些情绪说来就来，说走就走，很多时候并不受我们的理智所控制。毕竟，我们不是机器人，我们都是情感的动物。"

"好吧。当时情况非常危急，"戈德里洛克说，"我一直在想办法摆脱小小猪，从他身边逃开。"

"你深陷困境，进退两难，所以你在思考第一种选择——从他身边跑开。"熊贝比说。

"可是他挡住我的去路，我知道他想把我逼入死角，我别无他法，只好不停往后退。"

"所以你的第一选择失败了，开始思考第二种选择。"

"然后我被他逼进了角落，无处可退，于是我想用手机报警。"

"第二选择—— 一退再退也行不通，你接着尝试第三种——打电话。"

"可是手机不小心掉到了地上，后来我想起了胡椒喷雾剂。"

"第三选择也没能见效，于是你想起了第四种。"

"我知道这次应该能行，所以——"

"决定！"熊贝比说，"在三种选择均不奏效的情况下，你决定把宝押在第四种选择上。"

"你能不能让我说完？"戈德里洛克说，"接着我把手伸进皮包，掏出我的胡椒喷雾剂，对准他的眼睛喷过去。"

"这个决定标志着在极短时间内发生的反应场景告一段落，"熊贝比说，"同时，它也成为了下一幕主动场景的目标。"

戈德里洛克明白过来。"你的意思是主动场景和反应场景就像锁链一样是前后串在一起的，对吗？"

"说对了！"熊贝比说，"现在让我们回到小说的第一幕。德克乘着降落伞落在了伊莉斯的菜园里，摔伤了腿。这一幕的目标是什么？"

"空降至敌军防线后的法国，趁夜色藏匿起来。"

"一切进行得很顺利，是吗？"

戈德里洛克摇摇头。"正好相反，他们遭遇到敌军的防空火力，一架德国战斗机击中了他们的机翼，引擎着了火。德克跳出了飞机，可是其他突击队员都死于飞机爆炸。"

"这就是矛盾冲突，"熊贝比说，"够写好几页了，而且非常跌宕。在这一幕最后，德克有没有达成目标？"

"当然没有！他摔断了腿，昏死过去。"戈德里洛克说。

"噢哟，伙计！这个就是你说的挫折吧，"罗宾·汉说，"没想到你的那套理论确实说得通。"

"这一幕的结局让人大受打击，"熊贝比说，"戈德里洛克，这就是小说的第一幕，你现在觉得可以动笔了吗？"

"先让我记些东西，"说着她打开一个新文档，迅速为她的目标、冲突以及挫折分别打下一句话。"哇！太简单了，那么第二幕呢？"

"接下去发生了什么？"熊贝比问。

"伊莉斯听到了响声，于是跑到菜园里发现了德克。"

"所以在这一幕里伊莉斯是视点角色，对吗？"

戈德里洛克点点头，打下"伊莉斯"几个字。

"听到动静时，她的第一感觉是什么？"

"嗯……觉得奇怪，还有一点紧张，也许还会担心是不是莫妮卡做了什么噩梦。"

"这些不足以成为反应"，熊贝比说，"或许这一幕不应该是被动场景。"

戈德里洛克慌了。"哦，天哪！是不是我的故事出了什么问题？"

熊贝比摇摇头。"并不是所有的情绪反应都足以构成完整的被动场景，大多数专业作家在一部小说中描写的主动场景要远多于被动场景。我们假设我们可以跳过被动场景直接写主动场景，那么她的目标是什么？"

"搞明白那记响声究竟是什么。"

"很好，把它记下来。"熊贝比说。

戈德里洛克记录好。"那么她的矛盾冲突就是她先去看了看莫妮卡，发现她好端端地躺在自己床上，于是跑出屋子，看看是不是树倒了，也没有，接着她来到屋后的菜园，然后……发现有个男人躺在那里！他低声说着什么，而且说的是英语。"

"挫折来了，"熊贝比说，"伊莉斯当时的感觉是？"

"害怕，"戈德里洛克说，"她很快就意识到他是一名美国突击队员。她知道她应该把他交给当局，因为如果让纳粹知道她窝藏敌人她会被枪毙。"

熊贝比看着她。"可是……？"

"可是她不能！因为把他交出去的话，他必死无疑。他冒险来到这

里是为了解放她的国家，她怎么能做忘恩负义的事呢？而且……"戈德里洛克的脸红了，"他长得很帅。我说，如果伊莉斯是因为他长得帅而决定救他，会不会显得很肤浅？"

大灰狼爆发出一阵大笑声。"金发美女，这有什么好害臊的？你们人类真有意思，总是扭扭捏捏的，好像求偶的欲望是什么见不得人的事一样！伊莉斯注意到德克很帅这件事本身一点也不肤浅，接下去你会深入挖掘她的内心，直到发现她的狼性——内心所具备的坚强意志。"

哈巴德太太怒目而视。"狼性？我的老天爷啊！小伙子，如果你这是准备大谈那些已经被证明是无稽之谈的进化论——"

"安静！"熊贝比说，"各位，请不要跑题。伊莉斯现在面临两难的困境：如果告发德克，那就违背了一个人的基本良心和爱国精神，同时也和德克对她产生的外表吸引相矛盾；可是如果收留德克，那就有悖于她的求生本能以及保护幼崽，哦不，保护女儿的母性本能。"

戈德里洛克飞快地敲击着键盘。"那么她的决定是——收留他，照顾他，可是处境如此危险，她怎么才能做到呢？"

"伊莉斯最看重什么？"熊贝比提醒道，"她认为有几样东西高于一切，可是她没法兼而得之，因为想要保住这一样就可能会失去另一样，它们没法同时成为她最看重的东西。她必须作出取舍：哪一样才是最最重要的，除此无他。这就是决定的作用——帮助我们发现重中之重，找到真正的信仰。"

"没有什么比一颗悲悯之心更重要，"戈德里洛克说，"这就是她最看重的东西。伊莉斯当然害怕死亡，也担心让莫妮卡身处险境，可是她更怕自己会变成一个像亨利那样的人，变成一个出卖同胞、伤害无辜的纳粹走狗。"

熊贝比笑了。"我想你已经有好几个场景可以出炉了，先是一个短时间内发生的主动场景，然后是一个被动场景，两个都是以伊莉斯的视角展开的。"

戈德里洛克通读了一遍，虽然只是一份略显粗陋的草稿，其中还有很多东西需要补充完善，不过这已经够了。

"我不想败了大家的兴，"罗宾·汉说，"可是这节课好像只剩下五分钟了，你的雪花写作法是不是还有一步没讲呢？运气太背了，伙计，你可能没法全部教完了。"

戈德里洛克看了下表。

罗宾·汉错了，离下课只有三分钟了。她几乎独占了所有时间，现在可好，熊贝比甚至都不能把课讲完。

第十八章

动笔写小说

熊贝比好整以暇地对全班笑了笑。"现在就是雪花写作法的第十步。这一步会占据你们最多的时间，但是讲解起来却非常之快。"

说着，他走到白板前，写下板书：

雪花写作法第十步

1）写下小说第一幕；

2）接着写下一幕，直到写完整本书。

他转过身，面朝班级。"如果你们已经完成了第八步，那么你们手上就已经有了一份小说的场景清单；如果你们做到了第九步，那么就已经为每一幕制订好了计划，并且清楚它会如何推动故事朝前发展，因为下一幕不是主动场景就是被动场景。现在，你们已经准备好了，

可以动笔了。"

说完他朝大家微微鞠了一躬。

这时，挂钟的分钟正好指向最顶端的数字"12"。

走廊里响起了下课铃。

教室里响起了一片欢呼声。

戈德里洛克急忙上前给了熊贝比一个大大的拥抱，然后她又拥抱了大灰狼、哈巴德太太，她甚至还拥抱了罗宾·汉，尽管他身上一股酒味，就像刚刚灌了一加仑麦芽酒似的。

"无与伦比的婆娘，"他说，"我是说小妞！抱歉，不是婆娘，是小妞。"

这一刻，大家都在兴奋地交谈着。

熊贝比伸出毛茸茸的爪子拍了拍戈德里洛克的肩膀。"好了，金发美女，你已经万事俱备。和前两天走进教室相比，你已经不可同日而语了，准备好动笔写你的小说了吗？"

"准备好了，"戈德里洛克说，"我已经迫不及待了。"

✳

那晚等孩子们上床后，戈德里洛克坐到电脑前，打开之前保存的小说文档看看自己写到哪里了。文档里空空荡荡的，只有一个"那是"。

戈德里洛克把它删了。

接着，她便开启了疯狂打字模式。

✳

德克·斯蒂尔一手紧抓着冷冰冰的金属座位，另一只手抽紧了降落伞的背带。飞机在空中猛烈地颠簸着，就像一头狂奔着的公牛。"离跳伞点还有多远？"

指导员抱着一个小纸袋吐干净后说："还有五分钟吧，如果——"

又一枚防空炮弹在舱外爆炸，因为距离太近，德克觉得那声巨响就像一把大锤子狠狠地砸在他的耳膜上。

后炮手嘴里吐出一连串咒骂："我们被德国鬼子盯上了，就在后面。"

飞机猛地朝地面俯冲，一路急转躲闪。

身后骤然响起一阵哒哒哒的机关枪声。

"快到了！"飞行员喊道，"准备好——"

突然，有什么东西砸中了飞机右翼。

紧接着猛烈的爆炸几乎掀翻了整架飞机。

"快跳！"指导员跌跌撞撞地走到舱口，使劲推开舱门。"德克，快跳——快、快、快！"

德克弓着腰费劲地挪到门口，心里暗暗祈祷身上的降落伞到时候能顺利打开。

冰冷的气流如同一只巨灵之掌朝他重重地挥去，他就像一枚陀螺在空中失控地旋转着。

一架德国战斗机嗖地擦身而过，机关枪射出一梭子弹，枪口火星四溅。

一道强光如同闪电。

一声巨响如同炸雷。

冲击波排山倒海般袭来。

有几秒钟的时间德克完全不能呼吸。

他睁开眼睛向身后望去，想看看还有谁跟着他一起跳出了飞机。

然而在落入浓密的云层前他最后看到的却是……

什么也没有。

恐惧像一柄利剑刺入德克的心脏。

飞机不见了。

夜空空荡荡的。

另外九个突击队员、跳伞指导员、后炮手、飞行员、副驾驶——都死了。

只剩下他一个人如同一块石头般从法国一万英尺的高空落入驻扎着五十万德军的后防线。

德克摸了摸绑在胸前的炸药，这些不足以炸毁目标。

一个小时前开始执行的任务已经宣告失败。

✳

　　戈德里洛克写完了，她看了看表，短短的十八分钟里她写了六百四十五个字。

　　她从椅子上跳了起来，原地转着圈跳起了舞。

　　熊贝比的雪花写作法看来是正确的选择。

第十九章

雪花写作法概要

以下就是雪花写作法的十个步骤。

这十个步骤的主要目的就是帮助你完成小说的第一稿。（当你开始校订小说时，这些步骤同样能在重组故事结构、深化人物描写上助你一臂之力，不过这些是次要作用了。）

如果你发现其中有些步骤对你来说没什么用处，就把它们搁置一边。在实践过程中，你很快就会知道哪些步骤是最行之有效的，那么就请专注于那几个步骤。如果你发现还有其他步骤同样能派上用场，那么就把它们列入能为你所用的步骤清单里。你的目标就是要写好扎实的第一稿。这些步骤能引导你一步步走向目的地，是的，它们只是路标，并不是什么不可撼动、必须遵守的法典、铁律。

每往前走一步，也许你会想回头看看来时路，并且重新修正一下之前完成的工作。越早越好。雪花写作法的作用就在于帮助你尽早修

改，不断完善。

要事为先

在开始这些步骤之前，你先要确定自己准备撰写哪个类型的小说，并且明确你的目标读者群。作为一个小说家，你的职责就是要取悦你的目标读者们。

确定谁是你的目标读者其实就是在帮你决定你到底想写什么类型的小说，而你的目标读者就是那些会对那类小说感兴趣、被它打动的群体。也许你本人就属于小说的目标读者群，如果你不是，你也需要在脑海中确立目标群体中的一个典型形象。

在习作过程中回答下列问题：

我的小说类型是：_____ ；

我想写一个_____的故事；

这类故事之所以能取悦我的目标读者群，原因在于：_____

_____。

第一步：一句话概括

用一小时时间思考，然后写下一句话概括小说内容。尽可能不要超过二十五个词。集中于一到两个主人公，说清他们在故事中需要完成的任务，但注意不要泄露故事的结局。

一句话概括是推销书籍时的一个卖点，它能瞬间点燃读者的好奇心。这句话越短越好，因为简短便于记忆。要是有人问你，这本书讲了什么，你连想都不用想就能脱口而出。

一句话概括的作用就是帮助人们立刻知道自己是不是这本书的目标读者。

如果是，他们就会说："我还想知道更多！"

如果不是，他们会说："看，这都几点了！"然后切换到另一个话题。

一句话概括还能让你的粉丝用一种简单明了的方式把你的书介绍给他们的朋友。故而，它是口碑营销中的一件利器。

第二步：一段式概括

用一小时将一句话概括扩写成由五句话组成的段落，所含信息如下：

1）介绍故事发生的背景以及一两个主人公；

2）概述第一幕，以第一次灾难性事件结束。这一事件迫使主人公完全投入到故事中；

3）概述第二幕的前半段，以第二次灾难性事件结束，主人公扭转了之前错误的道德前提，并按照新的正确思路开启故事的后半段；

4）概述第二幕的后半段，以第三次灾难性事件结束，这一事件导

致主人公（以及反派，如果书里有的话）走向故事的结局；

5）概述第三幕，故事进入最后的决战，主人公或胜或败，由你来决定结局究竟是皆大欢喜，还是悲剧落幕，抑或喜忧参半。

一段式概括能确保小说有一个完整的三幕式结构，其中包含了三次灾难性事件以及一个清晰的道德前提。

将一段式概括提交给你的代理人和编辑，但是不要让目标读者看到！因为代理人和编辑需要知道故事的结局，但是读者却希望你能把悬念留到最后。

第三步：一页纸人物介绍

用一小时时间、一页纸的篇幅为书里的每一个主要人物写下人物介绍。以下是人物介绍的必要信息：

角色：（男主人公、女主人公、反派、导师、副手、朋友，等等）

姓名：人物的姓名

目标：该人物在这个故事里所要实现的目标。

抱负：该人物所怀揣的抽象的野心。

价值观：以"没有什么比……更重要"为模板写下几句话。

矛盾：是什么阻碍了该人物实现他的目标？

顿悟：该人物在故事的结尾处有何顿悟？

一句话概括：用一句话概括该人物的个人经历。（你的小说讲述的是主人公的个人经历，而书里的所有人物在他们的个人经历中无一例外都是主人公。）

一段式概括：用一个段落概括该人物的三幕式个人经历。

你会发现以上信息并不适用于书中的所有人物，比如，反派人物通常都不会有什么顿悟。还有一些跑龙套的角色用不到一句话或段落式概括。记住：并不是所有人物都需要罗列以上全部信息。

第四步：一页纸大纲

用一小时时间将段落式概括扩写成一页，也就是把五句话段落中的每句话扩写成一个完整的段落。

如果扩写超过一页纸的篇幅也没关系。一页纸大纲纯粹为你自己服务，你无需呈交任何人。其作用就在于帮助你填入细节。

有人会问一页纸大纲应该按单倍行距还是双倍行距来写。

因为它的作用在于方便你自己写作，只给你自己看，所以单倍行距就可以了。如果按单倍行距写满一页纸大概是五百来字，这是写大纲比较合适的篇幅。如果你想看起来更舒服一些，那就选择两倍行距，这样的话可能就会超过一页纸，不过没有人会根据页数来判断大纲的好坏，所以在行距问题上大可不必纠结。

第五步：人物大纲

用一小时时间给小说里的每个人物撰写背景故事，半页至一页即可。解释说明人物在小说里所呈现的性格及行为的成因，他们想获得

什么，以及其他你认为有意思的信息。解释说明他们是如何与故事融为一体、息息相关的。

人物大纲同样是为你个人服务的，它能帮助你重视书里的每一个人物。尤其要关注反派，因为人们经常不愿意在反派身上多费笔墨。试着走进他的内心，了解、挖掘其令人憎恶的表象之下的复杂内核。

如果你在人物大纲上动足了脑筋，那么也许有一天你可以把它放到你的计划书里。这是编辑的心头所爱！他们喜欢跌宕起伏的虚构小说，而这样的小说往往建立在丰满坚实的人物塑造之上。

很少有作者会将人物大纲纳入自己的计划书中，这着实可惜，因为和计划书里必不可少的情节大纲相比，人物大纲往往要精彩许多。

第六步：四页纸大纲（完成大纲）

用两个小时将一页纸大纲扩写成四到五页，也就是把一页纸大纲上的每个段落扩写成一页。

四页纸大纲同样为你个人服务，不必呈交任何人。它的作用在于帮助你补充更多的细节描写。

人们经常会问，四页纸大纲和最后你要放入计划书里的大纲有什么关系。正式提交的大纲应该更简短一些，一般来说最短两页，最长不超过四页。

我的建议是先写四页纸大纲，在此基础上删繁就简，完成计划书大纲。没错，那确实要多花些功夫，不过这些大纲都有它们各自的作用。

第七步：人物宝典

花几个小时撰写人物宝典，反复、深入研究书里的每个主要人物，每个人的宝典中将记录保存与他们相关的所有信息。以下是我在撰写人物宝典时所涉及的内容：

外部信息：姓名、年龄、出生日期、身高、体重、民族、发色、眼睛的颜色、外表描写、穿衣风格；

性格信息：幽默感、性格类型、宗教、党派、习惯、喜欢听的音乐类型、书籍、电影、最喜欢的颜色、钱包里的物件；

环境信息：住所描写、教育程度、工作经历、家庭、最好的朋友、男性朋友、女性朋友、对头或敌人；

心理信息：童年时最美好或最悲惨的记忆，一行式概括、最突出或最不突出的性格特征、性格中的矛盾性、最强烈的希望、最深的恐惧、人生哲学、如何看待自己、其他角色如何看待他。

如果你上网查一下，就能找到一长串问题可以用来帮助你撰写人物宝典。当然，没有哪一份清单是包罗万象、十全十美的，不过它们能提供样板，告诉你在你的人物宝典里应该包含哪些内容。

在下一个章节中，你会看到在整理本书主角戈德里洛克和其他几个角色的人物宝典时我所罗列的问题清单。

找一张和小说角色相似的人物照片也能帮上不少忙。

你还需要深入了解小说人物的家庭成员，他们的个人经历、宗教

和政治信仰、人生哲学以及性格特征。

当然，对于书里的每一个人物，你都能提出数不清的问题。有些作家甚至坚持必须对每个人物喜欢什么口味的冰激凌了如指掌。如果对于你以及你的目标读者群来说这是个非常重要的问题，那就把它写下来；如果不是，那就忽略不计。

第八步：场景清单

用几天时间罗列出小说里的所有场景。

在小说中，场景是最基本的创作单位。每个场景都发生在某个特定的地方、某个特定的时间，通常会有几个人物牵涉其中。

每个场景都需要出现矛盾冲突，如果没有，那么该场景就失去了存在的意义，你要么加上冲突，要么索性删了它。不要仅仅为了"烘托气氛""解释背景"或"阐明人物的行为动机"而特意添加一个场景，矛盾冲突才是推动故事发展的原动力。

我建议用电子表格来罗列场景清单，表格中的每一行代表一个场景。

专门用一列注明该场景中的视点人物，加宽另一列概述该场景中发生了什么事。你也许还要添加更多的列用来标注时间线、字数以及其他信息。表格是纷繁复杂还是简洁明了完全取决于你个人的喜好。

有些作者喜欢用3厘米乘5厘米的卡片，一张卡片一个场景。这当然很管用，不过电子表格自有其不可取代的优势。

不管你用哪种方式，请务必列好清单。它能把整个故事呈现在你的眼前，一目了然，而且如果有需要，可以来回变动场景的出场顺序。

第九步：规划场景

花五分钟时间为每个场景写下一些必要信息帮助之后的场景描写。也许你想给每个场景的出场人物列一个清单，也许你想描述一下彼时彼地的环境特征。如果在某个场景中你想到了一些精彩绝伦的对话，场景规划就是安置它们的好地方。

我强烈推荐在动笔前认真分析并确定场景模式：该场景究竟是一个主动场景，还是一个被动场景？

主动场景的构成部分：

1）目标

2）冲突

3）挫折

被动场景的构成部分：

1）反应

2）困境

3）决定

场景的篇幅没有既定标准，可以短至百来字，也可以长达五千字。我写悬疑小说时，每个场景通常会写一千字左右，基本上要用四页左右的原稿纸。节奏快些的小说每个场景的篇幅短一些，慢节奏的小说场景描写则长一些。场景的篇幅同样丰俭由人。

第十步：写小说

到了这一步，就意味着你已经有了一个经过精心布局的故事了。它已经具备了让读者马上产生兴趣的简要介绍，完美的三幕式结构，一群立体、有深度、动机充分的人物，一份完整的场景清单，而每个场景都有一个难以调和的矛盾准备推动故事一步步走向高潮。

至此，你已经急不可耐地准备正式动笔了。

那就开始吧。

仔细阅读你在场景清单上为每个场景计划安排好的所有内容，然后开始打字。

对于一个运用雪花写作法的作家来说，这就是乐趣所在了——在写小说的第一稿时就已成竹在胸：这将是一个非常精彩的故事。

结语：

并不是所有作家都推崇雪花写作法，没有关系。有些人必须跟着感觉走，写到哪里算哪里，而有些人必须依照大纲按部就班地写书，另有一些人则用其他富有创意的方法写作。

用哪种方法其实并不重要，重要的是找到一种对你而言行之有效并能帮助你写下小说第一稿的方法。

如果雪花写作法对你有用，那就按照步骤开开心心地写。

如果只有几个步骤有用，那就挑选其中有用的步骤开开心心地写。

如果没有一个步骤管用，那就把它丢开，找到其他合适的方法开开心心地写。

雪花写作法并不是什么金科玉律，对我而言它只是一种最适合我的写作方法，仅此而已。如果它能为你所用，引导你施展创作才华完成一部充满震撼力的小说，我将感到不甚荣幸。

第二十章

雪花写作法成就本书

　　我运用了雪花写作法构思本书的故事情节。在本章节中，我将演示在写第一稿之前的整个构思过程。你也许会注意到本章节中所展示的雪花写作法和最后一个故事中的不太一致。没有关系。雪花写作法的目的就是帮你把故事变成文稿。在正式写作过程中，故事会不断演进、发展，所以不要被之前的构思所束缚。

　　我用雪花写作软件创建了本章节的内容，然后以Word文档的形式导出。我稍稍调整了模板格式以适应小说创作，在校对终稿时又做了一些修改。因为故事很短，所以我跳过了完整大纲这个步骤，以免产生过犹不及的问题。总之，请按照你的需求灵活自由地调整雪花写作法的各个环节。

书籍信息：

  书名：雪花写作法：10步写出一篇好小说

  体裁：商业寓言

  预定篇幅：七万字

  目标读者群：渴望写小说却不知从何下手的作家

作者信息：

  姓名：兰迪·英格曼森

第一步：一句话概括

  一个年轻女人梦想写小说，但是担心没人会喜欢她的作品。

第二步：一段式概括

  戈德里洛克一直想写一部小说，可是家里人都说这个梦想"不切实际"，于是她只好将写作梦搁置一边。等她的孩子上学后，她参加了一个写作研讨会，老师熊贝比请她上讲台尝试用雪花写作法写小说。课上到一半，熊贝比遭大灰狼枪击倒在了血泊中。戈德里洛克开始逐步用雪花法构思小说，她决定塑造一个令人同情的反派人物，小猪却说这么做会毁了整个故事。随后，她和大灰狼共进午餐，发现他虽然看上去难以相处，内心却十分柔软、善良，她非常希望他能当她的出版代理人。然而，大灰狼却因涉嫌谋杀小猪被警方逮捕。戈德里洛克找到证据证明他是清白的，真凶小小猪企图杀人灭口，戈德里洛克用胡椒喷雾剂击倒了他，大灰狼无罪释放。

第三步：一页纸人物介绍

★ 戈德里洛克

角色：女主角/反派（她是自己最大的敌人）

价值观：

没有什么比做自己喜欢做的事更重要。

没有什么比别人对自己的评价更重要。

没有什么比做正确的事更重要。

抱负：成为伟大的小说家。

目标：完成小说第一稿。

矛盾：不知道从何下手，担心自己不是这块料，介意别人的看法。

顿悟：作为一个小说作者相信自己的直觉。

一句话概括：一个年轻女人梦想写小说，但是担心没人会喜欢她的作品。

一段式概括：戈德里洛克一直想写一部小说，可是家里人都说这个梦想"不切实际"，于是她只好将写作梦搁置一边。等她的孩子上学后，她参加了一个写作研讨会，老师熊贝比请她上讲台尝试用雪花写作法写小说。课上到一半，熊贝比遭大灰狼枪击倒在了血泊中。戈

德里洛克开始逐步用雪花法构思小说，她决定塑造一个令人同情的反派人物，小猪却说这么做会毁了整个故事。随后，她和大灰狼共进午餐，发现他虽然看上去难以相处，内心却十分柔软、善良，她非常希望他能当她的出版代理人。然而，大灰狼却因涉嫌谋杀小猪被警方逮捕。戈德里洛克找到证据证明他是清白的，真凶小小猪企图杀人灭口，戈德里洛克用胡椒喷雾剂击倒了他，大灰狼无罪释放。

★ 熊贝比

角色：导师

价值观：

没有什么比真实更重要。

没有什么比写好小说更重要。

没有什么比培养人才更重要。

抱负：成为世界上最好的写作老师。

目标：在戈德里洛克动笔前教会她如何构思小说。

矛盾：戈德里洛克总是无端地怀疑自己没有写作天赋，难以成为作家。

顿悟：（无）

一句话概括：一头年轻的小熊立志要将一群跃跃欲试的作家培养成职业小说家，可是班里最有才华的学生却对自己缺乏信心，而他的代理人朋友总是跟身边的人合不来。

一段式概括：熊贝比邀请他的朋友大灰狼来课上帮忙。戈德里洛克表现出众，富有才华，可是却和大灰狼发生了争执。事后，熊贝比说服戈德里洛克重新思考如何塑造书中的反面人物，然而小猪却大泼冷水，让戈德里洛克心存犹疑。正当她慢慢变得自信起来时，大灰狼却因涉嫌谋杀小猪遭警方逮捕。戈德里洛克明知希望渺茫却仍然决定寻找证据以证明大灰狼的清白。戈德里洛克的直觉是对的，大灰狼没有杀人，这也证明了熊贝比之前的判断是错的。

★ **大灰狼**

角色：导师

价值观：

没有什么比活出精彩更重要。

没有什么比忠于自我更重要。

没有什么比用和平的方式解决问题更重要。

没有什么比荣誉更重要。

抱负：成为世界上最了不起的文学出版代理人。

目标：发现小说界的明日之星。

矛盾：大部分小说家不愿下苦功磨炼技艺以求精进。

顿悟：（无）

一句话概括：一匹年轻、野心勃勃的狼正在寻找文坛的明日之星，但是他名声不好，让人避之不及。

一段式概括：十九岁那年，大灰狼遭人陷害身陷囹圄，之后假释出狱。如今他是一名崭露头角的文学出版代理人，他来到写作研讨会想寻找明日之星，可是因为言语无状令戈德里洛克心生反感。同班的小猪处处刁难大灰狼，意图让他当众出丑。当小猪想诱使戈德里洛克放弃她的梦想为他写书时遭到了大灰狼的严厉训斥。一小时后，小猪被人谋杀，大灰狼被当成嫌疑犯遭警方逮捕。戈德里洛克找到证据证明大灰狼无罪，他很快被释放，重获自由。

★ **小猪**

角色：充满敌意的朋友，故事支线中的被害人

价值观：

没有什么比钱更重要。

没有什么比生存更重要。

没有什么比成名更重要。

抱负：不费吹灰之力成为知名作家。

目标：参加写作研讨会的目的是想找到出版小说的捷径，或者雇一个作家帮他完成自己不喜欢做的工作。

矛盾：写作比他想象的要难得多，他宁可出钱雇人来帮他写书。

顿悟：（无）

一句话概括：一头身为企业家、家财万贯的猪，他原本以为写一本畅销书是件轻而易举的事，可当他参加写作研讨会后发现自己完全

想错了。

一段式概括：小猪是一位成功的商业人士，他准备在退休后写一部让人们叹为观止的小说——一个关于商业奇才一路艰辛奋斗、充满心酸的传奇故事。当他在班上发现写作远比看上去要难时，他便想找一个合著者，可是没有人感兴趣。之后他向戈德里洛克求助，却遭到了大灰狼的训斥。小猪的侄子想在他那里找份工作，未果，于是一路找到了研讨会。小小猪杀了小猪并嫁祸给大灰狼，然而却和正在寻找大灰狼无罪证据的戈德里洛克狭路相逢。

★ **小小猪**

角色：次要角色，故事支线里的反派

价值观：

没有什么比享乐更重要。

没有什么比发财更重要。

没有什么比拥有一大群朋友更重要。

抱负：不用辛勤工作就能成为一头挥金如土、受人拥戴的猪。

目标：想从经营一家大公司的叔叔——小猪那里讨一份不干活、光拿钱的美差。

矛盾：因为小小猪生性懒惰，总想不劳而获，所以叔叔断然拒绝了他的要求。随后，小小猪发现当年谋杀他爸爸的真凶正是他的叔叔。

顿悟：（无）

一句话概括：一头年轻、好逸恶劳的猪想央求他古板、富有的叔叔给他一份不干活、光拿钱的美差。

一段式概括：小小猪的大学时代过得十分逍遥，酗酒泡妞，夜夜笙歌，但自从爸爸死后妈妈一直对他不闻不问，信用基金又很快被他挥霍一空，所以他不得不抛售股票以维持生计。他想从叔叔那里讨一份高薪的闲差，可是小猪已经准备退休，而且也不打算帮这个好吃懒做的侄子。后来，小小猪偶然发现当年害死他爸爸的凶手正是小猪，而且他很可能会成为所有家产的唯一继承人，于是他找人配了一管针剂，注射后能让叔叔全身麻痹，他就可以趁机下手杀了他。事后他将罪名嫁祸给了大灰狼，但很快发现戈德里洛克正在想方设法地证明大灰狼是清白的。就在小小猪准备用备用针剂杀死戈德里洛克的危急时刻，后者朝他喷射了胡椒喷雾剂，随后赶来的罗宾·汉将他一举制服。

★ 哈巴德太太

角色：朋友

价值观：

没有什么比一个满满当当的橱柜更重要。

没有什么比家庭更重要。

抱负：有朝一日写一本书，从此成为有钱人。

目标：以她和一个空橱柜为蓝本写一部小说。

矛盾：没有足够多的素材。

顿悟：她发现自己成不了小说家，她只想成为有钱人。

一句话概括：一个老妇人想以小说的形式讲述自己的寡居日常，并希望能靠这本小说发财致富。

一段式概括：（无）

★ **罗宾·汉**

角色：朋友

价值观：

没有什么比自由更重要。

没有什么比跟诺丁汉的治安官对着干更重要。

抱负：享受冒险生涯。

目标：写一部小说记录他的冒险经历。

矛盾：学识浅薄，不愿意努力工作。

顿悟：（无）

一句话概括：（无）

一段式概括：（无）

★ **熊老爹**

角色：次要角色

价值观：（无）

抱负：教授他所推崇的写作方法。

目标：在研讨会上教年轻作家学会用大纲法写作。

矛盾：（无）

顿悟：（无）

一句话概括：（无）

一段式概括：（无）

★ **熊妈咪**

角色：次要角色

最看重的事：（无）

抱负：教授她所推崇的写作方法。

目标：在研讨会上教年轻作家学会用"有机法"写作。

矛盾：（无）

顿悟：（无）

一句话概括：（无）

一段式概括：（无）

第四步：一页纸大纲

戈德里洛克一直想写一部小说，可是家里人总给她泼凉水，说这个梦想"不切实际"，于是她只好将写作梦搁置一边。等孩子们上学后，她决定参加写作研讨会学习如何写作。一开始她把希望寄托在熊老爹的大纲写作法上，可是发现太难、太枯燥。于是她又尝试了熊妈咪的有机写作法，然而这种方法飘忽不定同样不好掌握。最后，她选择了熊贝比的工作坊学习雪花写作法。这种方法听上去非常值得一试，可是同班同学小猪帮她算了一笔账，说要是按照这种速度写小说，可能写上一辈子也写不完。戈德里洛克不知道该怎么办，正当她举棋不定的时候，大灰狼闯进教室，无情地射杀了熊贝比。

大灰狼的暴行彻底激怒了戈德里洛克，她扑上去准备和大灰狼拼命。这时，熊贝比从地上跳起来，解释说刚才那一幕只是一场戏，目的是为了演示在两幕之间插入灾难性事件能起到何种效果。戈德里洛克由此明白了三幕式结构的重要性。她很快完成了一段式概括，令所有同学惊讶不已。当她开始准备人物大纲时，她把所有的注意力都放在了男女主人公身上，对反面人物只是一笔带过。后来，戈德里洛克出色地完成了一页纸大纲，大灰狼评价说她极具才华并邀请她共进午餐，随后便离开了课堂。经过熊贝比的点拨，戈德里洛克认识到她在人物大纲中对反派的描写太过平面化，缺乏深度，于是大刀阔斧做了修改，这一次她笔下的反派形象变得立体、丰满，更具可信度，然而小猪却说大灰狼肯定不会喜欢这样的改动。

戈德里洛克惴惴不安地跟着大灰狼去吃午餐，他会像小猪那样对她修改后的反派人物冷嘲热讽吗？她会不会因此错失了和这位知名文学出版代理人合作的机会？不过，她最后还是决定扔掉思想包袱，不再顾忌他人的看法和评价。她和大灰狼畅谈了她的小说，并给他看了她修改好的人物大纲，没想到这份大纲把大灰狼看哭了。他说做反面人物太艰辛，人们不理解你，他们只是一门心思地认定你就是个坏蛋。他把自己的经历和盘托出：年轻时遭人构陷背上了谋杀犯的罪名，关入大牢，蹉跎岁月，没有人愿意相信他是无辜的。戈德里洛克这时才发现在其凶巴巴的外表之下，大灰狼其实拥有一颗非常柔软、善良的心，她急不可耐地想让他做自己的文学出版代理人。吃过午饭，戈德里洛克回到课堂，忍不住跟熊贝比抱怨，因为改动了反面人物的设定，她不得不修改之前已经完成的步骤。熊贝比解释说这很正常，而且雪花写作法就是鼓励作者尽早开始修改，而不是等写了一大半之后才手忙脚乱地重新返工。第二天早上，熊贝比开始讲授完整大纲。小猪怂恿戈德里洛克帮他写自传，遭到了大灰狼的严厉训斥。小猪愤然离席。熊贝比把戈德里洛克请上台教她如何撰写人物宝典。此时，大灰狼跑到教室后端的一角蜷成一团打起了盹。熊贝比通过提问的方式启发戈德里洛克可以将哪些信息纳入人物宝典，这时，一个摄影师走进教室给他们拍照。没有人留意大灰狼何时离开了教室。不久，警笛声呼啸而至，熊贝比跑出去打听，得知小猪被杀。直到这时，所有人才发现大灰狼不见了踪影。

大家纷纷跑出去一探究竟，只见警察逮捕了大灰狼，熊老爹正在跟警方解释他是如何发现小猪的尸体，如何在盥洗室抓住了正在洗手的大灰狼，之后又是如何将其擒获并报警的。每个人都理所当然地认为大灰狼就是杀死小猪的凶手。戈德里洛克去监狱探视，大灰狼坚称自己没有杀人，和之前一样，这次他同样是被人陷害的。戈德里洛克相信大灰狼不会杀人，那天晚上她拼命思考应该从哪里入手来洗清大灰狼的罪名，可是毫无头绪。她只好熬夜完成作业，第二天精神萎靡地赶去教室上课。这堂课的主题是如何罗列场景清单，熊贝比以小说中的一个场景为例，向大家示范了清单里需要包含哪些必要信息。当他提到了时间线这个概念时，戈德里洛克灵光一现，激动地跳起来冲出了教室。她找到熊老爹，问他要来买咖啡的收据。她又发现了摄影师的照相机，把它偷偷地带出了办公室。她跑到咖啡店的后院，挑了一个僻静的角落开始翻看照片。这时，被害人小猪的侄子小小猪出现了，戈德里洛克找到了一张照片，上面可以清楚地看到大灰狼正蜷在教室一角睡大觉，照片上的拍摄时间恰好能证明大灰狼不在案发现场。这时，小小猪突然发难，他掏出针管准备刺向戈德里洛克，戈德里洛克朝他喷射胡椒喷雾剂，罗宾·汉及时赶到将其制服。小小猪被逮捕了，戈德里洛克成了抓住真凶的英雄，大灰狼无罪释放。熊贝比要求戈德里洛克描述一下当时发生了什么，她一边讲述，熊贝比一边分析了"目标—冲突—挫折"和"反应—困境—决定"的两种场景模式，同时详细解释了它们在小说创作过程中所起的作用，并且告诉她在写小说前可以用这两种模式来概述所有的场景，这一步完成后她就可以正式动笔了。回家后，戈德里洛克精心设计规划了小说的第一个场景，然后开始写作。她文思如泉，电脑屏幕上接连不断地出现了一行又一行的文字，戈德里洛克开心极了。

第五步：人物大纲

★ 戈德里洛克：

戈德里洛克是个早慧的孩子，她在进幼儿园前就学会了识文断字并且喜欢上了阅读。八岁那年，她不小心在森林里迷了路，走着走着，她来到了三只熊的小屋，吃了他们的燕麦粥，坐了他们的椅子，又睡了他们的床。等三只熊回家后，她落荒而逃。戈德里洛克从来没有和任何人提起过，然后这段可怕的童年回忆却给她留下了挥之不去的阴影，发展到后来变成了一种超出正常范围的焦虑——她太过在意别人对她的看法和评价，所以她的前半生几乎都在忙着委屈自己，取悦别人。

等到戈德里洛克上学后，她喜欢上了写作，在小学一次作文比赛中她拔得头筹，从此她心里便埋下了一颗梦想的种子：有朝一日成为一名小说家。然而，在她升入高中后父母却一直耳提面命，希望她将来能找一份正儿八经的工作。在他们眼里，写小说就是不务正业，只有小孩才会做这种不切实际的白日梦，他们要她多学一些"有用"的东西，日后才能谋得一份安稳的生计。

于是，戈德里洛克在大学主修了市场营销，并且顺利拿到了父母口中所说的"非常实用的"学位。她找到了工作，然后结了婚，一年后怀孕，生下了两个孩子中的老大。之后，她辞职回归家庭，专心于相夫教子，心满意足地陪在孩子身边看他们慢慢长大。等小儿子进了幼儿园她开始考虑重新工作，然而她已经远离职场长达八年之久，从前的技能早已荒废，只好跟刚毕业的大学生站在同一条起跑线上从最底层做起，拿一份极其微薄的薪水。可是，一想到又要捡起从来就没喜欢过的老本行，她就忍不住起一身鸡皮疙瘩。她丈夫的薪资相当优厚，所以他们并不缺钱。她现在迫切地想要做一件能帮她找到人生意义的事。

最后她终于下定决心彻底不务正业了——她要写一部小说，从读者变身为作者。然而，万事开头难，她不知道该从何下手。打开空白文档，雪白的页面让她无所适从，她不敢敲击键盘，生怕开头错，步步错。她担心自己已经远远地落在了其他作家的身后，一想到花上许多年只为了写一叠卖不出去的文稿，她就觉得难以忍受。

她决定参加写作研讨会，看看那里有没有什么课程能够助她梦想成真。

★ **熊贝比：**

熊贝比是头年轻的熊，二十多岁，出身于书香门第，父母熊老爹和熊妈咪都是作家，同时也是教人如何写小说的老师，写作天赋从小就流淌在熊贝比的血液中。

熊老爹是运用大纲写作法的作家，熊妈咪崇尚跟着感觉写作，可是这两种方法都不适合熊贝比，他喜欢雪花写作法，因为这个方法对他有用。

他教了几年写作课程，在执教这条路上已渐入佳境。他希望他的课程能在这次研讨会上引起一些反响，不过他的第一堂课直到研讨会首日才被确定排上日程。他很清楚人们肯定会先去听熊老爹和熊妈咪的课，他希望那些觉得大纲法和有机法走不通的作家能在雪花写作法上寻到出路。

熊贝比拜托知名文学出版代理人大灰狼助他一臂之力，在他上课时闯进教室，用一把装着空弹的手枪朝他开火。之所以要演这一出戏是为了让学生们直观地了解什么是灾难性事件。没想到戏演得太逼真，戈德里洛克差点就要和大灰狼拼命了。

熊贝比看到了戈德里洛克身上的潜能。虽然她不够自信，可在他的鼓励和鞭策下，她努力修改了一句话概括和段落式概括。当她开始描述书中的主要人物时，她显然更加关注男女主人公的塑造，反面人物却过于脸谱化、平面化。熊贝比绞尽脑汁想怎么才能让她将反派诠释得更有深度，可是没有找到有效的办法。

在将一段式概括扩写成一页时，戈德里洛克表现得很出色，不过她非常讨厌书里的反派，不愿意在他身上多费功夫，可当她浏览人物大纲时，她意识到这个人物确实需要她花更多的精力去塑造。她尝试修正了反派的人物设定，却遭到小猪的嘲笑，他还断言大灰狼肯定不喜欢这样的改动。戈德里洛克动摇了。熊贝比很想告诉她，她应该多考虑如何写好小说，而不是迎合代理人或编辑，不过他知道这一点必须由她自己想明白。

和大灰狼吃完午饭后，她身上开始散发出一种作家特有的坚定和自信，她不再介意别人的看法和评价，在写一页纸大纲和人物宝典时她已经有了长足的进步。与此同时，小猪想要雇一名作家帮他完成书稿，他不停地骚扰戈德里洛克希望她能接受这份工作。大灰狼跟他吵了一架，小猪气急败坏地走出教室。

熊贝比让戈德里洛克上台示范，他没有注意到大灰狼是什么时候离开教室的。过了一会儿，他听到了呼啸而至的警笛声，当他听说小猪被杀、大灰狼被捕时，整个人陷入慌乱中。是他邀请大灰狼参加研讨会的，他很害怕自己的好心铸成了大错。

★ **大灰狼：**

大灰狼从小生活在一个混乱复杂的环境中。少年时，他目睹自己的叔叔因为吃掉小红帽的外婆而被愤怒的村民处以私刑。十九岁那年，他遭人陷害，被控谋杀了两头猪，对于那天发生了什么他完全没有印象，只恍惚记得自己昏睡了一整天，第二天醒来的时候就莫名其妙地成了杀人犯。他没法为自己辩白，也找不到不在场证人。他就这样被定了罪，蹲了六年大牢。

他成天泡在监狱的图书馆里读书，出狱后准备干一番事业。他在一家出版代理公司干了几年，通过实践深入了解这个行当后他决定自立门户。作家们都盼望能和他签约，因为他们发现大灰狼具备成为一个谈判高手的潜质，确实如他们所料，编辑碰到作风强硬的大灰狼都

有点发怵。

大灰狼希望成为这一行中最成功的代理人，他干得风生水起，然而他的过去却如同不散的阴魂如影随形。总有人抓住他蹲过大牢这件事不放，在他们眼里，他就是一个无耻的恶棍、骗子、小偷、杀人犯。他没法让人忘记他的过去。很少有人愿意给他机会，熊贝比是一个例外。他欣赏他的才华，相信他的眼光，不怎么计较大灰狼身上这样或那样的小毛病。

当大灰狼看到戈德里洛克时，他欣喜地发现这就是他想要发掘的作家。她有想法，同时也是可教之才。研讨会上唯一让他倒胃口的就是小猪，这个极端自我、满身铜臭的家伙好像觉得钞票可以帮他铺好一条康庄大道，一路送他坐上畅销书作家的宝座。大灰狼跟他吵了一架，威胁他当心成为自己的午餐。大灰狼也知道这么说很幼稚、很愚蠢，但是一想到小猪故意旧事重提他的气就不打一处来。

大灰狼和戈德里洛克共进午餐，两人聊得非常愉快，大灰狼也竭尽所能地鼓励、提点戈德里洛克。虽然她进步很快，不过没有一个完整的计划书他还是没办法帮她推销作品，计划书里需要有一份比较具体的写作大纲，同时，她还需要写几个章节，当然，最好能提供一份完整的书稿。下午的课上，大灰狼在后排角落里打了个盹。等他睡醒的时候，戈德里洛克已经被熊贝比请上了讲台。他不想打扰他们，于是蹑手蹑脚地溜去了卫生间。正当他洗手的时候，熊老爹突然冲了进来，指控他杀了小猪。

★ 小猪：

小猪是个富有的商人，目前正准备退休。他幻想自己能成为一个著名作家，而且在他看来只要舍得花钱，出书就是一件轻而易举的事。

小猪出身贫困，他和两个兄弟白手起家，在商界打下一片江山。公司规模越做越大，小猪开始觉得两个好吃懒做又因循守旧的兄弟已经成为了企业发展的绊脚石，只要这两个人还在，公司就不可能再创辉煌。事实上，小猪认为两兄弟既没功劳也没苦劳，他们纯粹是在强取豪夺本该完全属于自己的胜利果实。他想花点钱让他们离开公司，可被他们断然拒绝了。

于是小猪弄来一支致人昏睡的针剂，偷偷给大灰狼打了一针，然后半夜里溜进兄弟俩的家，杀了他们，并在尸体周围留下了狼爪印。大灰狼被逮捕了，因为没有不在场证据所以被定罪判刑。现在，他虽然出狱了，可是小猪知道含冤受屈的大灰狼怎么也怀疑不到自己身上来，所以他很是安心落意。

小猪是为了出版自传来参加写作研讨会的。熊老爹和熊妈咪那里看不出什么门道，于是他来到了熊贝比的工作坊。可是，熊贝比一直在谈他的雪花写作法，小猪越听越无聊，要是按照这么个写法，小说成稿不知道要等到猴年马月。为什么就不能由他出谋划策，然后雇人来付诸实践，就像他在公司里那样操作呢？

可是，熊贝比的课上没有他想要的东西，边上还有匹可恶的狼在不停地找碴儿。小猪越想越恼火，所有的人和事都在跟他作对，而且

看起来有钱也不能帮他立时三刻出版自传。最后，他气急败坏地冲出教室去咖啡店喝杯拿铁消消火。这时，他的侄子小小猪发短信问他在哪里，原本说好他坐第二天的飞机过来，可实际上他已经到了。

小猪告诉他正在咖啡店的后院里。小小猪赶紧跑过来，想当面问他讨份工作，这件事几个礼拜前他们已经在电话里谈过了。小猪嗤之以鼻，告诉他最好还是先回学校正儿八经地读个文凭，不要老是天天泡妞喝酒。小小猪趁他不备给他打了一针麻醉剂，小猪倒在地上，动弹不得。他眼睁睁地看着侄子在他身边布满狼爪印，而后割破了自己的喉咙。

在意识消失之前的一瞬间，他想到了一句话：报应不爽。

★ 小小猪：

小小猪是个顽劣的孩子，靠信用基金养活长大。他的爸爸遭人谋杀，死于非命，妈妈是个社交名媛，丈夫死后很快再婚，从此对自己的孩子撒手不管，不闻不问。小小猪上大学后成天只知道追女孩子，和一帮狐朋狗友喝酒耍乐。一到二十一岁他便全盘接管了信托基金，由于挥霍无度，很快坐吃山空。他自然不想变成穷光蛋，于是打起了如意算盘——问叔叔讨一份不干活、光拿钱的闲差。

可是他的叔叔小猪马上就要退休了，他非但拒绝帮忙，还说了一堆风凉话，让他重回学校好好读书，然后靠自己的本事找份正经工作自力更生。小猪在说话间不当心露出了破绽，小小猪听者有心，他把所有碎片拼凑在一起得出了一个惊人的结论：小猪正是杀死他爸爸的真凶。他顿起杀机，一来是为了报杀父之仇，二来是为了继承小猪所有的财产。

小小猪想办法弄到了一支能使人全身麻痹的针剂，然后追到了咖啡店。他给叔叔打了一针，在他身边布下狼爪印，然后痛下杀手。

他的阴谋得逞了，大灰狼因为涉嫌谋杀而被逮捕，眼看着他就要继承叔叔的财产了，可是没想到半路杀出个程咬金，戈德里洛克竟然找到了证据证明大灰狼是清白的。他身边还有一管备用针剂，本来是怕一针下去药力不够，不足以控制他的叔叔，现在正好用来杀人灭口。他举着针管刺向戈德里洛克，没想到她朝他狂喷胡椒喷雾剂。随后赶到的罗宾·汉一举制服小小猪，戈德里洛克报了警。小小猪被关进监狱后很快承认了罪行。

★ 哈巴德太太：

哈巴德太太是个贫穷的寡妇，她梦想着靠出一本书脱贫致富。她嘴上一直说自己的日子过得多快乐、多有趣，然而，她真正的日常生活就是每次跑到橱柜前，发现里面都是空的。

哈巴德太太想写一本书，主人公跟她一样是个没钱的寡妇。她不想写女主角最后找了个有钱丈夫之类的爱情小说，对于悬疑故事也没什么兴趣。她就想写自己生活中的片段。

让哈巴德太太想不通的是熊贝比并不认为她的故事很精彩。她讨

厌小猪身上那股飞扬跋扈的狂劲，大灰狼说话的腔调也让她心惊肉跳，她也不怎么喜欢戈德里洛克，虽然这个小姑娘好像一直生活在幻想世界中。

★ 罗宾·汉：

罗宾·汉是个快乐的单身汉，他率领一群法外之徒逍遥自在地生活在舍伍德森林里，他们每天吃着烤鹿肉，乐此不疲地和诺丁汉的治安官们斗智斗勇。他最喜欢做的事莫过于开上一整个周末的宴会，喝上一大桶麦芽酒，最好身边还围着一群漂亮婆娘。

罗宾·汉想写一本关于自己和兄弟们一起冒险的故事集，不过他并不是一个努力勤快的作家，他来写作研讨会就是为了搞懂一本书到底是怎么写成的，等弄明白后他意识到写作完全超出了他的能力范围。

他非常喜欢戈德里洛克，她很勤奋，而且已经构思了一个精彩绝伦的故事。不仅如此，她长得也很好看，虽然脾气有点大。罗宾·汉对小猪没什么好印象，他也不太喜欢大灰狼，认为他待人处事有点蛮横无理。

得知小猪被杀，他并不伤心，大灰狼被捕时他也没觉得惊讶。可是当看到戈德里洛克近乎偏执地想要证明大灰狼的清白时，他被触动了，一个婆娘不应该那么较真儿啊。他想劝她悠着点，可是她却冲他发了火，还警告他不许再一口一个"婆娘"地叫她。真是不可思议！

越是追不到，心里越惦记，所以罗宾·汉总是暗中关注着戈德里洛克。当看到她准备去咖啡店后院时，他也跟了过去，打算等她出来时找机会搭讪。他看到小小猪也去了咖啡店，但是不知道后院发生了什么。后来他听到戈德里洛克的呼救声，立马手中扣箭冲了进去。他帮忙制服了小小猪，救下了戈德里洛克。

第六步：四页纸大纲（完整大纲）

这个故事由于篇幅较短，故而不需要写完整大纲。简要大纲已经足够让我完成第八步的场景清单，所以这一步省略。

第七步：人物宝典

★ 戈德里洛克

年龄：30岁

身高：5英尺5英寸（约1.65米）

体重：115磅（约52千克）

民族/血统：北欧

头发颜色：金色

眼睛颜色：蓝色

性格类型：温和型行动派

兴趣爱好：阅读、写作

最喜欢的书：带有感情线的悬疑惊悚故事，她是肯·福莱特[①]和杰克·希金斯[②]的铁粉。

最喜欢的电影：《卡萨布兰卡》

住所：一栋位于市郊的房子，有三个卧室，房龄10年，厨房很大，当中有一个岛式大理石案台。

教育背景：大学毕业，市场营销专业。

工作经历：从大学毕业到结婚生子前工作了一到两年，之后在家相夫教子，做了八年的全职主妇，工作意愿并不强烈。

家庭情况：已婚，大女儿读小学，小儿子刚进幼儿园。

最可怕的童年记忆：有一次在森林里迷了路，她走啊走，看到一栋小屋便走了进去，她喝了屋主人的燕麦粥，坐坏了几把椅子，而后在床上睡着了。等她醒来时，发现屋里有三只熊，她吓坏了，尖叫着撒腿就跑。父母对她很失望，此后一直不停地告诉她当时原本可以更圆满地处理好这件事。戈德里洛克的心里就此落下阴影，总是担心别人会怎么看待自己。

性格中最突出的一面：聪明，充满干劲，一旦开始做事，就会想方设法把事情做得尽善尽美。

性格中最弱的一面：顾忌别人的看法，这一点成为了她前进路上

---

① 肯·福莱特（Ken Follett, 1949—　）：英国著名小说家，1978年以《针眼》一书荣获埃德加·爱伦·坡最佳悬疑小说奖，随即蜚声国际，之后又有《圣彼得堡来客》《与狮同眠》等多部小说畅销全世界，由此奠定了其大师地位。——译者注

② 杰克·希金斯（Jack Higgins, 1929—　）：英国著名小说家，擅长写惊悚小说，1975年出版其成名作《猛鹰突击兵团》。——译者注

的绊脚石。

最大的愿望：写一本人人都喜欢的小说。

最深的恐惧：写完小说后发现没人愿意看。

如何看待自己：缺乏自信，没有意识到自己身上的才华。

其他人物如何看待她：聪明，做事井井有条，缺乏自信却惹人怜爱。

人物如何发生变化：戈德里洛克会慢慢变得自信起来，并且开始相信自己作为小说家的直觉。

★ **熊贝比**

年龄：29岁

身高：3英尺2英尺（约1米）

体重：200磅（约91千克）

民族/血统：熊

眼睛的颜色：褐色

毛发的颜色：褐色

外表描写：体型较小的熊

穿衣风格：皮毛

幽默感：喜欢打趣，爱搞恶作剧

性格类型：温和型分析派

兴趣爱好：写作

最喜欢的书：经典童话故事的铁粉，涉猎广泛，喜欢悬疑、玄幻

和青春类小说。

最喜欢的电影：《傲慢与偏见》

住所：树林里的一栋小屋，从小到大一直住在那里。

教育背景：他比同龄的熊聪明，拿到了创意写作的文凭。

工作经历：写小说以及教授如何写小说。

家庭情况：熊老爹和熊妈咪的独生子。

男性朋友：大灰狼是他的童年玩伴，有犯罪前科，不过貌似已经痛改前非。大灰狼一直坚称自己没有杀人，而熊贝比却觉得既然做了就要坦白承认。大灰狼在监狱里表现突出，出狱后他成为了一个出色的出版代理人，熊贝比想给他一次重整旗鼓的机会。

最可怕的童年记忆：有一次他和父母散步回家，发现自己的燕麦粥被人喝了，椅子坏了，他的床上躺着一个人类的小孩，一看到他便大喊大叫着逃跑了。接下去的几年里熊贝比晚上一直做梦，梦到他找到了小女孩并将她绳之以法。

性格中最突出的一面：比其他熊聪明。

性格中最弱的一面：他从小就认识大灰狼，然而在大灰狼有没有杀人这件事上他始终只相信证据。

最大的愿望：不满足于成为教人写小说的老师，梦想着有朝一日成为最伟大的小说家。

最深的恐惧：教过的学生无所建树、寂寂无名。

如何看待自己：一个懂得欣赏优秀小说以及如何教授学生写小说

的聪明熊。

其他人物如何看待他：一位优秀的导师。

★ **大灰狼**

年龄：29岁

身高：六英尺（约1.83米）

体重：180磅（约82千克）

民族/血统：狼

毛发的颜色：灰色

眼睛的颜色：黑色

外表描写：体型巨大的狼，有一双能够看穿人们内心的黑色眼睛。他有一身灰色的皮毛，尖利的牙齿，因为曾在监狱里做苦力，故而练出了一身腱子肉。

穿衣风格：皮毛

幽默感：机智风趣又语带讥讽，对于自大狂总是极尽挖苦，但是对于缺乏自信的人却非常和善，不愿伤害他们脆弱的心灵，但是因为生性大而化之，所以有时难免口无遮拦。

性格类型：表达型行动派

兴趣爱好：长跑、阅读、美食（尤其是猪肋排）

最喜欢的音乐：朋克摇滚乐

最喜欢的小说：惊悚小说、战争小说，尤其是二战小说、科幻小说

最喜欢的电影：《虎胆龙威》（全四部）

最喜欢的颜色：灰色

住所：一个温馨舒适的洞穴

教育背景：在监狱里自学成才，几乎读遍了监狱图书馆里所有的书，尤其喜欢看小说。

工作经历：十九岁那年遭人诬陷杀死了两头猪，被关入监狱，负责洗衣服，因为表现良好获得假释。出狱后在一家出版代理公司工作了两年，之后自立门户，创立了大灰狼文学作品出版代理公司。

家庭情况：他出身于视忠诚为生命的狼族，可是家族里没有人相信他是无辜的，所以出狱后他没有回到狼群中。他的家人喜欢打打杀杀，而他却喜欢安安静静地看书。

男性朋友：他和熊贝比一起长大，即便在被抓入狱期间，熊贝比也一直和他保持着友谊。然而，熊贝比并不相信他是清白的，他认为大灰狼犯下杀人罪"事出有因"。

女性朋友：他正在和一头母狼约会，对方在不动产工作，事业发展得相当不错。大灰狼希望两人能修成正果。女方家里因为他有犯罪前科所以多少有点担心，可是他的女朋友却觉得他身上有种森然、神秘的气质，他危险的名声比他真实的性格更加吸引她。

敌人：因为杀害了他两个兄弟，小猪貌似一直对他恨之入骨。当初正是小猪催人泪下的证词直接把大灰狼送进了监狱。

最可怕的童年记忆：他最喜欢的叔叔因为吃了小红帽的外婆被林

子里的村民私自处以极刑，大灰狼目睹了整个过程。虽然他明白叔叔罪有应得，可他还是认为村民越了界，他们应该等待法庭作出公正的判决。大灰狼对于民间私刑极度反感。

一句话性格描述：一头看似危险实则内心柔软的狼

性格中最突出的一面：说话冲动，因为想让对方加深印象，有时候甚至会说一些骇人的言辞。

性格中最弱的一面：在表达观点时言辞过于直率，有时候会不自知地伤害他人的感情。

最大的愿望：希望在年轻一代的作家中发现有天赋、有才华的文坛新秀。

最深的恐惧：害怕自己会管不住自身狼性中的暴力冲动。

如何看待自己：一匹待人友善、诙谐风趣、聪明博学，但是一直遭人误解的狼。

其他人物如何看待他：一匹喜欢冷嘲热讽、没有同情心、可怕危险的狼。

★ **小猪**

年龄：64岁

身高：4英尺3英寸（约1.31米）

体重：300磅（约136千克）

民族/血统：猪

头发的颜色：小猪没有头发

眼睛的颜色：粉红

外表描写：长着猪该长的样子

穿衣风格：不穿衣服，有时会戴一个黑色的领结。

幽默感：小猪过分严肃，从来不开玩笑。

性格类型：分析型行动派

兴趣爱好：非常喜欢集邮票，专门雇了一位助手帮他打理、收集邮票。

最喜欢的音乐：德国作曲家瓦格纳的超级乐迷

最喜欢的书：只要和商业管理有关的书都感兴趣，比如《如何赢得朋友、影响敌人》。

最喜欢的电影：纪录片

最喜欢的颜色：粉红色

住所：他曾经亲手盖了一栋漂亮的砖石小屋，后来，随着生意越做越大，他搬进了带有高尔夫球场的封闭式高档小区。豪宅里的好多房间都空置着，家里有一个男管家、一个厨子和一个杂物总管帮忙打理。

教育背景：哈佛商学院毕业。

工作经历：早年和他的两个兄弟靠卖干草、柴火、砖头起家，而后开始涉足建材市场，创立了可以和家得宝、劳氏相抗衡的连锁商店，不过他们的目标是承包商，而不是那些自己动手族们。接着他们又进军制药业，狠狠地赚了一笔。两兄弟死后，小猪担任了公司的CEO。

家庭情况：小猪的父母多年前就去世了，留下小猪三兄弟相依为命。他们一起创业，生意越做越大，两个兄弟死后，公司在小猪的领导下迅速壮大。小猪一直没有结婚，不过被害兄弟中有一人已娶妻成家，并且留下了子嗣小小猪。小小猪从小到大吃穿不愁，是个典型的富二代。

最好的朋友：朋友？小猪压根就没有朋友，竞争对手倒是不少。

敌人：小猪的敌人就是他那两个不争气的兄弟，为了防止他们败掉辛苦挣来的家业，小猪痛下杀手，并且继承了其中一人的股权，全权掌控了公司。他的侄子小小猪长大后继承了他爸爸留下的另外三分之一股权，虽然他能坐收红利，但是这些钱并不够他挥霍。于是，他想从小猪那里讨份不用出力就能拿高薪的工作。小猪很清楚自己的侄子是个游手好闲的草包，所以一口拒绝了他的要求。如此一来，小小猪不得不面对卖掉股票、维持日常用度的窘况。不过，如果小猪有什么意外，那么他就是家族企业的唯一继承人，而当他无意中发现小猪就是谋杀父亲的真凶时，他决定来个一石二鸟。

最美好的童年记忆：小时候，他最喜欢在夏日的午后和兄弟们一起去烂泥滩里打滚嬉戏。

最可怕的童年记忆：小时候，他经常听大人讲大灰狼呼啦呼啦吹倒屋子的恐怖故事，听得晚上直做噩梦。后来他真的遇到了一头狼，出于一种恨屋及乌的报复心理，他使诡计将谋杀罪名嫁祸给了大灰狼。

一句话性格描述：小猪非常大男子主义，他不择手段，惯于踩在别人头上往上爬，如果有人领先于他，他就会毫不留情地把他们从高处拽下来。

性格中最突出的一面：小猪对于自己想要的东西势在必得，因为他认为每样东西甚至每个人都有一个标价，只要肯出钱，他就能得到他想要的一切。

性格中最弱的一面：小猪缺乏同理心，无法和他人产生共情，不会换位思考，也不懂得推己及人，正因如此，他注定不可能成为一名作家。

最大的愿望：小猪想成为业内知名的领军人物以及伟大的小说家—— 一个依靠自己奋斗摆脱贫穷命运的跨界多面手。

最深的恐惧：他最害怕被人发现埋在内心深处的秘密——是他杀了自己的兄弟。

人生哲学：只拿不给，予取予求。

如何看待自己：虽然出身微寒，却依靠自身努力力争上游，最终获得成功。

其他人物如何看待他：自高自大、自私自利、认为有钱就能买下一切的猪。

人物如何发生变化：被杀。

★ **小小猪**

年龄：24岁

身高：3英尺8英寸（约1.16米）

体重：280磅（约127千克）

民族/血统：猪

头发颜色：没有头发

眼睛颜色：粉红

穿衣风格：猪不穿衣服，不过小小猪有时会穿一件高档运动夹克。

幽默感：他喜欢男生之间经常开的那种低级无聊的玩笑，比如他觉得最好玩的事莫过于趁好友向女朋友献殷勤时突然把一罐啤酒浇在他身上。

性格类型：善于表达的表现派

兴趣爱好：喝酒，游泳池派对，赌博，泡妞

最喜欢的音乐类型：嘻哈

最喜欢的书：小小猪没读过一本书

最喜欢的电影：《动物屋》（其实是部纪录片！）

住所：托信托基金的福，小小猪在一栋豪宅里长大，由于目前手头拮据，他只好带着所有家当搬进了一套公寓。

教育背景：他从高中一路混到大学，大学期间主修工商管理，不过他自己也不太肯定到底读了哪个专业。

工作经历：说实话，对于像小小猪这样出身富裕家庭的孩子来说，

市面上的工作机会并不太多。比起他们，公司老板自然更愿意雇用那些为了微薄薪金卖力干活的穷苦年轻人。在这种对富二代敬而远之的大环境下，小小猪基本上找不到工作。不过他倒是一直在找，而且他认定叔叔公司里的高层管理职位就是为他量身定制的。然而，叔叔是个不折不扣的吝啬鬼，而且老是追问他能为公司作出什么贡献之类的蠢问题。

家庭情况：在小小猪十几岁的时候，爸爸被人杀害了，凶手大灰狼被关入大牢。他的妈妈比爸爸年轻许多，终日混迹于上流社交场所，对于丈夫的死反应冷漠。虽然小小猪是他们的独生子，但是母子关系一向淡漠疏远，长大后除了逢年过节，他一般不怎么和他妈妈联系。

最好的朋友：在大学期间，小小猪结识了一大群朋友，度过了一段无忧无虑的时光。现在他们中很多人已经找到工作，生活步入正轨，还有些人依然留在校园寻找自我。小小猪喜欢他们，只要有人手头紧，他就会慷慨解囊。没想到有一天他也会碰到囊中羞涩的窘况，而他的那群朋友里没有一个人能出手帮他一把。谈什么都别谈钱，你懂的。

性格中最突出的一面：在用钱方面，小小猪一向慷慨大方，他一掷千金的豪爽做派帮助他结识了无数朋友，他是各种派对上的灵魂人物，尤其深得女士们的青睐。

性格中最弱的一面：小小猪只图安逸，不求上进。他是个聪明人，有时候聪明人不需要努力也能混得不错。

最大的愿望：他想继承爸爸和叔叔共同创建的公司，成为下一届

CEO；他希望能成为业界巨头，有朝一日能进军政坛。

最深的恐惧：小小猪最怕变成穷光蛋，因为一旦变穷他就不得不努力工作养活自己。这不是有才华、有能力的猪该干的事，靠打工辛苦度日不该是他的生活方式。

男性朋友：多得无法计数，大学里认识的每个男生都是他的朋友。

女性朋友：多得无法计数，大学里认识的每个女生都渴望纵情享乐，欢度时光，他很乐意帮她们实现愿望。

敌人：小小猪觉得没有人会讨厌他。虽然他的叔叔小猪似乎没有看到他身上的聪明才智，不过这一点并不足以让他将叔叔视为自己的敌人。最近，他去找过叔叔，希望他能给他一份工作。两人吃午饭时，小猪一不留神说漏了嘴，小小猪抓住了话里的漏洞，明白了杀死自己爸爸的凶手正是他的叔叔。小小猪明白杀了叔叔不仅能报杀父之仇，而且还能继承小猪的公司，获得他一直心心念念的闲差。

最美好的童年记忆：小小猪记得小时候父母曾带他参加过各种豪华宴会，他支着耳朵听大人们聊天，乘人不注意偷偷尝一口酒，衣香鬓影的氛围人让他沉醉其中。

最可怕的童年记忆：每逢感恩节，小小猪就不得不随父母去看望爷爷奶奶，听他们不厌其烦地感叹从前的生活有多么穷困潦倒，为了吃饱肚子他们要如何辛勤工作、苦苦挣扎。妈呀，谁想过这种苦日子！

一句话角色描述：小小猪认为自己是举世无双的天才，他就应该坐享其成，过不劳而获的日子。

如何看待自己：一头才华横溢的天才猪，虽然生活中也不免有磨难，但是凭借过人的天分，他还是成功地脱颖而出。

其他人物如何看待他：一头靠信托基金过活的猪，生性懒散，总认为自己理应获得世上最好的东西，没有一点职业精神。

人生哲学：生活如此美好，必须尽情享受，因为你天赋异禀，所以你值得拥有。

★ 哈巴德太太

年龄：75岁

身高：4英尺9英寸（约1.49米）

体重：150磅（约68千克）

民族/血统：像大部分美国人一样具有欧洲大陆纷繁复杂的混合血统

头发颜色：灰色

眼睛颜色：浅蓝色

外表描写：虽然弯腰驼背，不过依然眼闪精光，精神矍铄。

穿衣风格：身穿长及拖地的深色衣裙，头发盘成髻，架着一副金边眼镜。她总是担心有人打劫，所以围裙口袋里一直藏着一把手枪。

幽默感：喜欢自嘲

性格类型：温和型表达派

兴趣爱好：烧菜做法、缝缝补补、熨衣服、跳舞

最喜欢的音乐：20世纪30、40年代的乐队

最喜欢的书：童话故事

最喜欢的电影：《绿野仙踪》

最喜欢的颜色：紫色、灰色

钱包里的东西：她没有钱包，不过围裙上有很多口袋可以放东西。

住所：天哪，她家里简直什么都没有。客厅里有一个破旧的小橱柜，厨房里铺着旧油毡，放着几个没有刷漆的小碗柜。客厅里的橱柜也没有上漆，里面要啥没啥。

教育背景：哈巴德太太高中一毕业就结婚了，靠丈夫工作养家，后来丈夫去世，哈巴德太太成了寡妇。现在她靠微薄的养老金勉强度日。

家庭情况：哈巴德太太是一名寡妇，五个孩子都已成家立业。孩子们都很挂念她，不过因为忙着自己的工作和家庭，所以也不能经常来看望她。

最可怕的童年记忆：哈巴德太太出身贫困，家里的橱柜一直空空如也。

最大的愿望：梦想着有一天能突然暴富。

最深的恐惧：橱柜里一直空空如也。

如何看待自己：一个受尽生活嘲弄的穷苦老妇人。

其他人物如何看待她：一个满脑子只想着空橱柜的老妇人。

★ **罗宾·汉**

年龄：35岁

身高：6英尺（约1.83米）

体重：180磅（约82千克）

民族/血统：撒克逊

头发颜色：金色

眼睛颜色：蓝色

外表描述：长相帅气，身穿皮衣皮裤，走哪儿都带着他的弓和箭。

幽默感：不知忧愁为何物的乐天派

性格类型：表达型行动派

政治信仰：反对诺丁汉的治安官，支持狮心王理查[①]。

兴趣爱好：射箭、喝麦芽酒、追婆娘

最喜欢的音乐：喝麦芽酒时哼的小曲

最喜欢的书：啥是书？

最喜欢的颜色：金色和绿色

钱包里的东西：几枚金币

住所：他住在舍伍德森林的一个山洞里。

教育背景：无

工作经历：罗宾·汉从来没有工作过，他在树林里偷偷猎鹿，劫富济贫，因为自己也要生活，所以从富豪、贵族那里偷来的财物也会留一部分给自己。

[①] 狮心王理查（Richard I of England, 1157—1199年）即理查一世，在10年国王生涯中，他几乎把所有时间都花在了戎马弓刀上，他参与过包括十字军东征在内的许多战争，而其卓越的军事表现也使他成为中世纪最杰出的军事指挥官之一。——译者注

家庭情况：他的家人就是一群跟他气味相投、开朗快乐的绿林好汉。

最好的朋友：小约翰

男性朋友：小约翰、修道士塔克、威尔·斯卡莱特、磨坊主的儿子马奇

女性朋友：玛丽安

敌人：一心想把罗宾·汉送入监狱的诺丁汉治安官

一句话角色描述：一个靠精妙箭术行走江湖的侠盗

最大的愿望：崇尚自由自在的生活。

最深的恐惧：害怕被逮捕失去自由。

人生哲学：要么自由地生活，要么死。

如何看待自己：世上最有趣的人。

其他人物如何看待他：一个身穿皮衣皮裤的怪人，走哪儿都背着弓和箭。

★ **熊老爹**

（无）

★ **熊妈咪**

（无）

第八步：场景清单

1. 戈德里洛克想写一部小说，然而她没有思路，不知从何下笔，于是她决定去参加一个写作研讨会。

2. 戈德里洛克先去了熊老爹的工作坊，尝试用大纲法写作，却发现这种方法无聊透顶，一点儿也不适合自己。

3. 戈德里洛克又去了熊妈咪的工作坊，尝试用有机法写作，可是发现这种方法太过天马行空，也不适用。

4. 正当戈德里洛克绝望时，她发现了熊贝比的雪花写作法，决定一试。

5. 戈德里洛克参加了熊贝比的工作坊，并且被请上讲台学习如何定义自己的目标读者群。

6. 在熊贝比的鼓励和鞭策下，戈德里洛克完成了小说的一句话概括。

7. 熊贝比用图形演示了什么是雪花分形，以及如何一步步扩展故事。这时，大灰狼闯进教室开枪射杀熊贝比。

8. 熊贝比解释了三幕式结构，帮助戈德里洛克完成了一段式概括。

9. 戈德里洛克了解了什么是人物的目标、野心及价值观，然后在她的主人公身上统合了这几个要素。

10. 戈德里洛克完成了一页纸大纲，赢得了奖励——与大灰狼共进午餐。

11. 熊贝比告诉戈德里洛克她的反面人物不够立体，于是她对其做了大量改动，可是小猪却朝她泼冷水，说大灰狼不会喜欢这样的反派。

12. 戈德里洛克惴惴不安地和大灰狼一起去饭店，担心他会否定自己对反面人物所作的修改，然而出人意料的是他认为改动非常成功，并且将自己的经历告诉了戈德里洛克。

13. 戈德里洛克跑到熊贝比那里兴师问罪，因为改动了一个反面人物她就不得不重新返工，修改之前写好的内容，不过熊贝比却解释说不断回溯、不断修改是非常有必要的。

14. 熊贝比教戈德里洛克如何写完整大纲，她拒绝了小猪，不愿做他自传的代笔人，大灰狼出言相讥，小猪愤然离开教室。

15. 熊贝比教授如何写人物宝典，此时大灰狼在教室后面的角落里打起了瞌睡。没过多久，大家听到了警笛声。

16. 小猪被杀，大灰狼因涉嫌谋杀被警方逮捕。

17. 戈德里洛克去探监，认定大灰狼是无辜的，并且发誓要帮他洗脱罪名。

18. 戈德里洛克想了很久都找不到办法还大灰狼清白，无奈之下只好先熬夜做完功课，然后倒头大睡。

19. 戈德里洛克学习如何列场景清单，当熊贝比提到时间线这个概念时，她忽然受到了启发。

20. 戈德里洛克找到了能证明大灰狼无罪的证据，可就在她把证据给小小猪看时，对方却突然发难。

21. 戈德里洛克被吓得喊不出声求救，不过最后她绝地反击，朝小小猪狂喷胡椒喷雾剂。

22. 戈德里洛克在全班同学面前说明了整件事的来龙去脉，熊贝比以此为范例解释了两种场景模式：目标—冲突—挫折、反应—困境—决定，以及雪花写作法的第九步。

23. 戈德里洛克整理、规划好第一个场景后开始正式动笔，文思如泉，她完成了第一稿，非常满意。

24. 概括总结雪花写作法的十个步骤。

25. 展现本书如何按照雪花写作法从构思到最后成书的整个过程。

第九步：规划场景

1) 戈德里洛克想写一部小说，然而她没有思路，不知从何下笔，于是她决定去参加一个写作研讨班。

视点人物：戈德里洛克

标题：不切实际的梦想

介绍戈德里洛克以及她想写小说这一不切实际的梦想。

目标：准备动笔写第一章节。

冲突：她不知道从何下笔，担心一开始就定错了方向。

挫折：一整天她就写下一个词：那是。

反应：戈德里洛克无助地哭了。

困境：怎么才能理清思路，正式动笔？

决定：参加写作研讨会，学习如何写小说。

2）戈德里洛克先去了熊老爹的工作坊，尝试用大纲法写作，却发现这种方法无聊透顶，一点儿也不适合自己。

视点人物：戈德里洛克

目标：参加熊老爹的工作坊，学习大纲写作法。

冲突：她不喜欢大纲法。

挫折：她讨厌按照熊老爹的方法写的小说大纲，她甚至都没法开始动笔写第一稿。

3）戈德里洛克又去了熊妈咪的工作坊，尝试用有机法写作，可是发现这种方法太过天马行空，也不适用。

视点人物：戈德里洛克

目标：参加熊妈咪的工作坊，学习有机写作法。

冲突：尝试后发现不适用。

挫折：电脑文档上依然只有一个"那是"。

4）正当戈德里洛克绝望时，她发现了熊贝比的雪花写作法，决定一试。

视点人物：戈德里洛克

反应：戈德里洛克陷入绝望。

困境：接下去怎么办？

决定：参加熊贝比的工作坊，学习雪花写作法。

5）戈德里洛克参加了熊贝比的工作坊，并且被请上讲台学习如何

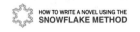
定义自己的目标读者群。

视点人物：戈德里洛克

标题：你的目标读者群

目标：学习如何写小说。

冲突：熊贝比让戈德里洛克坐上讲台，定义她的目标读者群。

挫折：她依然不知道怎么写小说，觉得他们把时间都浪费在了谈论无聊的市场营销上。匪夷所思！

6）在熊贝比的鼓励和鞭策下，戈德里洛克完成了小说的一句话概括。

视点人物：戈德里洛克

标题：用一句话概括你的故事

目标：学会用雪花法写小说。

冲突：熊贝比居然要她用二三十个字概括整个故事！荒唐可笑！

挫折：她最终成功地用一句话概括了她的故事，可是她知道这并不是整部小说。

7）熊贝比用图形演示了什么是雪花分形，以及如何一步步扩展故事。这时，大灰狼闯进教室开枪射杀熊贝比。

视点人物：戈德里洛克

标题：适合你的写作模式

目标：搞清楚如何从一个短句开始一步步扩写成一部小说。

冲突：戈德里洛克对于按照雪花法写成一部小说抱怀疑态度。这种方法听上去太简单了，而写小说是一件非常艰巨、复杂的事情。

挫折：熊贝比遭大灰狼枪杀。

8）熊贝比解释了三幕式结构，帮助戈德里洛克完成了一段式概括。

视点人物：戈德里洛克

标题：灾难的重要性

反应：戈德里洛克目睹熊贝比被枪杀后大受刺激，她饱受惊吓，随后急怒攻心。

困境：大灰狼威胁她不许使用雪花写作法。

决定：她愤然反击，而后得知之前那一幕不过是熊贝比自导自演的一场戏，大灰狼只是他请来的助演。

目标：学习三幕式结构。

冲突：戈德里洛克终于明白了三幕式结构的重要性。

挫折：她完成了一段式概括，但是里面没有人物描写，只有流水账似的情节介绍。

9）戈德里洛克了解了什么是人物的目标、野心及价值观，然后在她的主人公身上统合了这几个要素。

视点人物：戈德里洛克

标题：没什么比人物更重要

目标：创建人物表，完成人物简介。

冲突：戈德里洛克不明白什么是人物的目标、抱负和价值观。

挫折：除了反面人物外，戈德里洛克完成了所有主要角色的简介，

她觉得熊贝比肯定不希望她把时间浪费在塑造反面人物身上。

10）戈德里洛克完成了一页纸大纲，赢得了奖励——与大灰狼共进午餐。

视点人物：戈德里洛克

标题：把故事装进一页纸

目标：向熊贝比展示她的成果。

冲突：熊贝比告诉她反面人物的塑造过于脸谱化，大灰狼和戈德里洛克发生争执。

挫折：因为完成了一页纸大纲，戈德里洛克赢得了让人心有戚戚的奖励——和大灰狼共进午餐！

11）熊贝比告诉戈德里洛克她的反面人物不够立体，于是她对其做了大量改动，可是小猪却朝她泼冷水，说大灰狼不会喜欢这样的反派。

视点人物：戈德里洛克

标题：人物秘事

目标：完成小说人物大纲。

冲突：戈德里洛克不愿在反面人物身上多费功夫。

挫折：她对反面人物作了深层次的挖掘，使其立体化，小猪却大泼冷水，说大灰狼肯定会对这样的改动嗤之以鼻。

12）戈德里洛克惴惴不安地和大灰狼一起去饭店，担心他会否定自己对反面人物所作的修改，然而出人意料的是他认为改动非常成功，并且将自己的经历告诉了戈德里洛克。

视点人物：戈德里洛克

标题：第二次灾难性事件和道德前提

目标：即使大灰狼可能会因为她改动了反面人物而拒绝当她的代理人，戈德里洛克还是硬着头皮前去赴约。

冲突：大灰狼非常欣赏她对反面人物所作的改动，并且告诉她被当成恶棍的痛苦经历。他说她的故事终于有了道德前提。

挫折：戈德里洛克很高兴人物改动得到了大灰狼的肯定，但是一想到这意味着她不得不对之前已经写好的内容进行大幅修改就感到无比焦虑。

13）戈德里洛克跑到熊贝比那里兴师问罪，因为改动了一个反面人物她就不得不重新返工，修改之前写好的内容，不过熊贝比却解释说不断回溯、不断修改是非常有必要的。

视点人物：戈德里洛克

标题：回溯的作用

目标：她质问熊贝比，如果雪花写作法足够完美，她就不必回过头去重新修改。

冲突：熊贝比坚持说回溯是好事。

挫折：因为工作量巨大，有些学生不堪重负，中途离场。

反应：戈德里洛克心灰意冷，筋疲力尽。

困境：如果现在不改，将来还是要改。

决定：她咬牙完成了修改，并且决定和大灰狼好好谈谈，希望他能成为自己的出版代理人。

14）熊贝比教戈德里洛克如何写完整大纲，她拒绝了小猪，不愿做他自传的代笔人，大灰狼出言相讥，小猪愤然离开教室。

视点人物：戈德里洛克

标题：完成大纲

目标：戈德里洛克想请大灰狼当她的出版代理人。

冲突：戈德里洛克听说如果没有小说大纲就请不到好的出版代理人，可是代理人一般都不会认真读大纲，听上去写大纲就是在浪费时间和精力。

挫折：看到大灰狼冲着小猪又吼又叫，戈德里洛克犹豫了，她觉得大灰狼可能不适合当她的出版代理人。

15）熊贝比教授如何写人物宝典，此时大灰狼在教室后面的角落里打起了瞌睡。没过多久，大家听到了警笛声。

视点人物：戈德里洛克

标题：人物宝典

目标：戈德里洛克急于塑造人物。

冲突：她从来没有想过在塑造人物之前需要做大量的调查研究。

挫折：屋外警笛声呼啸而至，直到这时大家才发现大灰狼不见了。

16）小猪被杀，大灰狼因涉嫌谋杀被警方逮捕。

视点人物：戈德里洛克

标题：第三次灾难性事件

反应：听说小猪被杀，所有人震惊不已。

困境：大灰狼被抓，所有的间接证据都对他不利。

决定：戈德里洛克不相信大灰狼是凶手，她决定去监狱当面和他谈谈。

17）戈德里洛克去探监，认定大灰狼是无辜的，并且发誓要帮他洗脱罪名。

视点人物：戈德里洛克

目标：从大灰狼那里问明实情。

冲突：所有证据都表明他是凶手，戈德里洛克找不到有力证据可以帮大灰狼洗刷冤屈，她所有的不过就是她的直觉：她坚信大灰狼是善良的。

挫折：大灰狼已经自暴自弃了。

18）戈德里洛克想了很久都找不到办法还大灰狼清白，无奈之下只好先熬夜做完功课，然后倒头大睡。

视点人物：戈德里洛克

标题：场景清单

目标：找到证据证明大灰狼无罪。

冲突：她想用写小说大纲的方法来整理这桩案子，可是没能奏效。

挫折：她没有足够的证据。

19）戈德里洛克学习如何列场景清单，当熊贝比提到时间线这个

概念时，她忽然受到了启发。

视点人物：戈德里洛克

目标：学习雪花写作法的下一个步骤。

冲突：小说的第一个场景设置不够明确。该场景是从谁的视角观察到的？需要交代多少背景信息？

挫折：熊贝比提到了时间线。其实，这并非挫折，不过当时只有戈德里洛克一人看到了希望。她不顾熊贝比"还没下课"的警告，义无反顾地冲出了教室。

20）戈德里洛克找到了能证明大灰狼无罪的证据，可就在她把证据给小小猪看时，对方却突然发难。

视点人物：戈德里洛克

标题：目标、冲突、挫折

目标：为昨天发生的事情整理时间线。

冲突：熊老爹一开始不愿帮忙，不过后来还是找出了咖啡店的收据。戈德里洛克偷偷拿走了放在办公室里的照相机。

挫折：戈德里洛克找到了为大灰狼洗刷罪名的证据，并拿给小小猪看，就在这时，小小猪掏出了针管。

21）戈德里洛克被吓得喊不出声求救，不过最后她绝地反击，朝小小猪狂喷胡椒喷雾剂。

视点人物：戈德里洛克

标题：反应、困境、决定

反应：戈德里洛克吓坏了。

困境：她无路可逃，她既没有力气跟小猪搏斗，也没有地方可以躲藏。

决定：她掏出胡椒喷雾剂，朝他的眼睛喷去。

22）戈德里洛克在全班同学面前说明了整件事的来龙去脉，熊贝比以此为范例解释了两种场景模式：目标—冲突—挫折、反应—困境—决断，以及雪花写作法的第九步。

视点人物：戈德里洛克

标题：规划场景

目标：讲授完雪花写作法所有步骤。

冲突：没有矛盾。戈德里洛克告诉大家发生了什么，熊贝比解释了每一个步骤是如何成为主动场景和被动场景的一部分。

挫折：快要下课了，但熊贝比还没有讲完雪花写作法。戈德里洛克因为自己占用了课堂上大部分时间而感到十分内疚。

23）戈德里洛克整理、规划好第一个场景后开始正式动笔，文思如泉，她完成了第一稿，非常满意。

视点人物：戈德里洛克

标题：动笔写小说

戈德里洛克坐下来开始打字，文字如泉水一般汩汩而出。第一个场景一气呵成，当她写完后她忽然意识到自己是一名作家了。她的面前还有一段很长的路要走，但她有信心，她知道小说肯定会很精彩，

随着故事情节层层推进，小说的结构和主题将自然而清晰地展现在读者面前。戈德里洛克心花怒放，开心极了。

24）概括总结雪花写作法的十个步骤。

25）展现本书如何按照雪花写作法从构思到最后成书的整个过程。

写在最后的话

HOW TO WRITE A NOVEL

USING THE

SNOWFLAKE

METHOD

希望将小说提升一个层次？

我认为提高写作水平最快捷的方法就是学会如何描写强而有力的场景——"动人"场景。

在第十七章中我们介绍了关于场景描写的所有基本要素，我将在另一本书中以三本畅销书为例深入分析讲解如何描写场景。场景值得你细细打磨，因为如果你能写出一个好场景，那就能写好一百个——这就是小说。

HOW TO WRITE A NOVEL
USING THE
SNOWFLAKE
METHOD

致谢

感谢安吉·亨特，正是她的问题——"你会把写初稿比作什么？"——促使我在2002年夏天找到了雪花分形这一完美答案；感谢詹妮尔·施耐德，她是预言雪花写作法会大受欢迎的第一人。